*Autenticidade em sua
Maior Essência*

Autenticidade em sua Maior Essência

ALDIVAN TORRES

Canary Of Joy

Contents

1 "Autenticidade em sua maior essência"   1

1

"Autenticidade em sua maior essência"

Aldivan Torres
Autenticidade em sua maior essência

Autor: Aldivan Torres
©2018-Aldivan Torres
Todos os direitos reservados

Este livro, incluindo todas as suas partes, é protegido por Direito de autor e não pode ser reproduzido sem a permissão do autor, revendido ou transferido.

Aldivan Torres é um escritor consolidado em vários gêneros. Até o momento tem títulos publicados em nove línguas. Desde cedo, sempre foi um amante da arte da escrita tendo consolidado uma carreira profissional a partir do segundo semestre de 2013. Espera com seus escritos contribuir para a cultura Pernambucana e brasileira, despertando o prazer de ler naqueles que ainda não tenham o hábito. Sua missão é conquistar o coração de cada um dos seus leitores. Além da literatura, seus gostos principais são a música, as viagens, os amigos, a família e o próprio prazer de viver. "Pela literatura, igualdade, fraternidade, justiça, dignidade e honra do ser humano sempre" é o seu lema.

"Autenticidade em sua maior essência"
Autenticidade em sua maior essência
O museu
Retomada
A caminho.
Na zona rural

O museu

Fora da residência, o grupo acompanha o anfitrião que como bom conhecedor da cidade vai apresentando os principais pontos aos outros. Passam por supermercados, lojas de roupa, sapatarias, lojas de conveniência e uma igreja. Tudo é novo para eles e a cada instante ficavam mais maravilhados com arquitetura, o movimento de pessoas e a paisagem em geral. A região agreste era mesmo magnífica.

Quatro quarteirões depois, após vários movimentos circulares, eles chegam diante dum dos mais importantes pontos turísticos da cidade. Trata-se do museu loca, um prédio simples de andar único, 15 × 6metros (quinze metros de comprimento com seis de largura), três entradas com portões de madeira envidraçada, estilo rústico típico da colonização e imponente pela própria natureza.

A visão é tão bela que ficam por um instante a contemplar aquela obra fantástica do homem que justamente destacava-se por sua simplicidade diversamente que outros locais e pontos do mundo.

Ao despertarem da contemplação, um a um foram se encaminhando á entrada de acesso que estava aberta. Adentram no interior do local, o qual constituía-se num vagão único. Andando de um lado para outro, vão conhecendo os principais atrativos dele. De imediato, notam que o museu apresenta um grande acervo cultural e sócio-histórico das mais variadas regiões do estado, denotando a cultura, o folclore, as cren-

Autenticidade em sua Maior Essência 3

dices e o estilo de vida do sertanejo, dando-lhe o posto de segundo maior museu de história do sertão do Brasil Dentre os principais componentes do acervo, estão materiais sobre personalidades importantes como Antônio Vicente Mendes Maciel(também conhecido como Antônio conselheiro, líder missionário religioso que foi assassinado por contrariar os interesses da classe dominante de sua época na região de canudos no estado da Bahia, um livro importante sobre o tema é o conhecido "Os sertões" do Jornalista e autor brasileiro Euclides da Cunha), Luiz Gonzaga do Nascimento(mito da música nordestina, rei do baião, conhecido e respeitado no mundo inteiro por sua arte), Cícero Romão Batista(Conhecido como Padre Cícero, Símbolo religioso importante o qual foi excomungado por sua Igreja por controvérsias em relação a um suposto milagre. No entanto, independente disso, existe uma fé grandiosa em sua pessoa em toda a região), Antônio Gonçalves da Silva (Conhecido como Patativa do Assaré, foi um cantor, compositor e poeta brasileiro. Seu destaque está no fato de compor poemas tanto nos moldes camonianos, inclusive sonetos de Forma clássica quanto poesia de métrica e rimas populares a exemplo da décima e sextilha nordestina. Ele era realmente genial), zumbi dos Palmares (líder negro que lutou contra a escravidão. Sua data de morte, vinte de novembro, é tido como dia da consciência negra no país), além de outros materiais sobre a guerra de canudos, o cangaço brasileiro e a história do município, inclusive com vídeos, objetos, artefatos, peças históricas, documentários e reportagens entre outros, consolidando-se como importante Fonte de pesquisas para trabalhos escolares e os mais diversos estudos.

O grupo para diante duma gravura ao sinal do seu senhor. Com suas mãos delicadas, hábeis e inteligentes o mesmo toca na superfície do quadro, que traz a foto do típico homem sertanejo. Ele se emociona por um instante e declama:

"Veem amigos? Este que acabei de tocar morreu lutando por seus ideais numa época de desigualdade e injustiças gritantes. Assim como outros, ele fracassou, mas deixou um legado importante para seus descendentes, o caráter. Eu também sou assim, um guerreiro, e espero desta vez mudar a história desse povo sofredor, o povo nordestino e o brasileiro em geral. Temos capacidade para isso, acreditem!

"Acredito também. Desde que te conheci, transformei-me de um menino frustrado e órfão para um jovem com esperanças no futuro. Isto ocorreu porque você me mostrou o que é um verdadeiro pai, irmão e cúmplice. Eu creio! (Renato)

"Que lindo! Você é abençoado, Renato, dê-me cá um abraço.

A dupla principal da série aproximou-se e num abraço sincero, transmitiram energias positivas de um para o outro. Naquele instante, Renato percebeu que nada seria impossível para os mesmos, pois a cada instante consolidavam-se como verdadeiros campeões. O mundo que os esperasse porque o sucesso já estava garantido.

Ao término do abraço, retomaram seus lugares diante do quadro e a conversa pôde então continuar.

"Esta figura lembra a nossa história do passado e a atual também. Quantos nordestinos ainda não têm que enfrentar o desespero, a fome, a injustiça, a ganância das elites, a falta de informação e os estelionatários? O Brasil tem que avançar muito para ser considerado um país justo" Opinou Rafaela Ferreira.

"Sei, cara apóstola. Por isto enfatizei o quadro. Mas por acaso você conhece esta realidade? (O vidente)

"Um pouco pelo fato de pertencer a uma família humilde. Contudo, tenho consciência que nada é comparado à luta do pobre camponês que luta dia após dia, enfrentando o sol e os perigos da caatinga sertaneja. A estes, eu tiro o chapéu. (Rafaela)

"Eu também. (Aldivan)

"Já visualizo no quadro a ternura deste personagem. Com seus traços firmes e bem desenhados, é a típica criatura rude, forte, mas, em simultâneo, doce. O seu olhar não mente, observem! (Bernadete Sousa)

Todos obedecem. Realmente havia um grande contraste entre a forma apresentada e o semblante da foto. Era um grande mistério pronto para ser desvendado.

"Caramba! É mesmo! Será que esta gravura tem algum código? (Osmar)

"Como o do Êxito de vendas americano. Eu duvido. (Róbson Moura)

"Não é para tanto. Vejo apenas um homem. (Manoel)

"É possível. Com a palavra, o homem que decifrou o código de Deus. (Rafael)

"Este sertanejo apresenta o código da vida. Reflete cada um de nós com suas respectivas aspirações. Para decifrá-lo, é só olhar para dentro de si mesmo. (O filho de Deus)

"Está certo. (Osmar)

"Muito bem! O meu protegido arrasa! (Uriel Ikiriri)

"Obrigado, parceiro" Retribuiu o vidente.

"Eu queria ser interpretado da forma como foi o quadro. Seria possível, filho de Deus? (Lídio Flores)

"Com certeza. Sua importância é maior que a do quadro. Aproxime-se. (O vidente)

Lídio começa a dar alguns passos e em instantes já está ao lado do seu mestre. O que aconteceria? Que detalhes relevantes surgiriam no momento do toque? É o que descobriremos, pois, imediatamente *o vidente estica o braço e toca na ponta de sua testa.*

"Lídio nasceu e cresceu numa família de classe média da cidade de São Caetano, Região agreste. Desde pequeno, mostrou-se ser inteligente e perspicaz o bastante para compreender que o mundo continha segredo além do alcance daqueles que o rodeavam. Ele sempre queria mais, entrou na escola e continuo com a mesma postura. Este comportamento provocava elogios, inveja e até admiração das pessoas.

No ensino secundário, conheceu um professor, o qual vendo seu interesse, o instruiu nas teorias científicas relacionadas à vida. Contribuindo assim para seu crescimento espiritual, sensorial, humano e científico.

Ao terminar o ensino médio, entrou para um curso preparatório visando o vestibular no qual se dedicou intensamente por um ano. O esforço desprendido valeu a pena, pois conseguiu ser aprovado no exame o qual permitiria seu ingresso na faculdade.

A faculdade escolhida fora biologia pela questão da premente paixão pela vida em geral. Concomitantemente a faculdade, iniciou no mercado de trabalhando como vendedor em uma sapataria, emprego de meio expediente o que lhe permitia estudar, aperfeiçoar-se nos estudos e ter uma vida independente culminando com a saída da casa dos pais.

Nos quatro anos seguintes, entre estudos, trabalho e lazer convenceu-se da sua missão. Concluindo a faculdade, deixou o emprego de vendedor e após muitas pesquisas no mercado arranjou emprego no alto sertão pernambucano, especificamente em Petrolina.

Chegando lá, instalou-se numa pousada e iniciou no seu trabalho. O que era para ser um exercício prazeroso revelou-se um verdadeiro martírio, devido aos desmandos do chefe da sua equipe, a própria falta de estrutura e os desafios gigantescos da área prática. Já não se sentia bem fazendo aquilo que gostava. Desanimado, mas decidido, saiu do emprego e retornou à sua terra natal. No caminho, eis que encontra um homem e seu grupo que prometiam apoio, compreensão e parceria. Fanáticos ou não, eles eram sua última esperança de encontrar a si mesmo, o seu "Eu Sou" interno que há muito tempo gritava, mas não era ouvido. Começo de uma nova história com a equipe da série "O vidente". "

O toque cessa com o vidente retirando a mão da testa do seu servo. No rápido instante em que tiveram o contato físico, ele percebera que ali residia em um dos maiores desafios de sua carreira. Teria a tarefa árdua de doutrinar e orientar uma pessoa totalmente fora do senso comum. Alguém tão preso às suas convicções que não sabia enxergar nada, além disso. Contudo, o impossível poderia tornar-se provável com trabalho e entrega mútuo.

O filho de Deus mexe no seu cabelo e numa análise mental rápida chega a uma conclusão e então entra em contato novamente com seu amigo.

"Eu vi o mais profundo do seu ser, meu caro Lídio. Contudo, eu já sabia. Da minha parte, garanto um grande desprendimento a favor de suas causas. Tudo o que você viveu faz parte de um passado o qual é importante, mas não essencial. Pensemos para frente, você é uma nova criatura em mim e em Cristo Jesus, meu irmão poderoso. Venha, meu filho!

O filho de Deus abre seus braços em direção ao apóstolo e com este sinal podia-se dizer estar abrindo seus braços para o mundo assim como um dia o pai fez com ele. Emocionado, Lídio aproximou-se através de passos firmes e seguros e ao chegar ao seu alcance, entrega-se completamente aquele ser cujo interesse era um só: O seu supremo bem. Os outros ao verem a cena também se emocionam e atendendo o gesto do vidente, aproximam-se também e juntos promovem um abraço múltiplo. A união destes seres formou uma áurea branca e azulada como as cores prediletas do Arcanjo Miguel, o príncipe guerreiro do céu. O significado do seu nome, quem é como Deus? Representava a grandeza e a garantia de proteção aquelas criaturas constantemente atacadas pelas forças opostas à sua, como na aventura do primeiro livro. O que o destino reservava para os mesmos?

Sete minutos depois, o abraço é desfeito e então eles continuam seu passeio no interessante museu. Veem mais gravuras, artefatos importantes e até assistem uma fita antiga que contava sobre a revolução dos humildes no passado, na época do Brasil colonial e imperial. No instante seguinte, reúnem-se novamente e despedem-se do local. Ao sair, um misto de gratidão, expectativa e orgulho preenche seus seres por aprenderem tanto sobre o homem sertanejo e a cultura em geral. Eram privilegiados num país ainda elitista.

Direcionados pelo anfitrião, eles seguem para a parte central da cidade. Em mais uma sequência de travessias e linhas retas, eles chegam ao ponto de táxi, alugam dois deles e quando todos se acomodam nas poltronas dos respectivos automóveis é dada a partida. Com destino a zona rural. Mais uma surpresa os esperava.

Do centro, eles pegam a avenida principal e, numa boa velocidade, iniciam a travessia na cidade. O momento é o mais apropriado para uma guinada na vida de todos e era o que Lídio pretendia ao apresentá-los para mais um local especial de sua cidade.

Em dez minutos, já pegaram uma estrada de terra que os leva a uma subida na serra em frente. Em dado momento, o carro já não pode avançar mais e então eles seguem a trilha a pé.

Como numa subida comum, isto exige um grande esforço por parte de todos e os mais fracos são gentilmente ajudados pelos mais fortes. Faltando cerca de trezentos metros para se concluir o trajeto, os anjos sentindo a fraqueza dos humanos dão uma ajuda extra alçando-os ao alto da serra.

No topo, eles descansam e se deslumbram com o cruzeiro em honra de padre Cícero e de frei Damião além da própria paisagem agreste com suas pedras, caatinga, sol forte, mata atlântica, poeira e ar puro. O contraste de cores e de ideias é simplesmente mágico e envolve a todos.

A pedido do vidente, cada um faz uma oração íntima de acordo com sua fé. Neste exato momento, algo parece não estar bem. Numa rápida transição de ambiente, o tempo nubla e nuvens escuras poderosas se aproximam velozmente.

Ao chegar mais perto, surge, de dentro das nuvens, três cavaleiros negros bem armados que bradam aos quatro ventos: justiça! Apontava para seus apóstolos. O vidente treme um pouco. Era as forças das trevas agindo impiedosamente querendo a destruição da sua obra. Foi aí que reunindo sua coragem e fé, colocou-se entre os seus amigos, os protegendo e exclamou:

"Deixem-nos! Eles estão comigo agora. Cuidem da parte que cabe a vocês.

"Uhuuhum! "Pigarreou um demônio. E se eles o traírem?

"Eu não preciso das insinuações de vocês. Eu os escolhi por méritos e tenho total confiança neles" Replicou o filho de Deus.

"Méritos, oh, oh! Que atributos tem uma depressiva, uma mulher que abortou, um drogado, um ufólogo, um pedófilo e um evolucionista? Não me faça rir, jovem bobo! Eles merecem o inferno e viemos carregá-los! (Afirmou o mesmo demônio)

"Vocês não têm este direito, se avançarem mais, sentirão o peso do meu poder! (Ameaçou Rafael)

"Digo o mesmo! E mais respeito com o filho de Deus! (Uriel)

"Eu os escolhi e não tenho que dar explicação para espíritos decadentes! Vocês não conhecem o plano do meu pai. (O filho de Deus)

O terceiro demônio que não falara, arma-se para o ataque, mas seus movimentos são detectados a tempo pelos arcanjos. Numa rápida investida, eles imobilizam os espíritos das trevas com a força da luz. Em vez de infligir sofrimento, eles agora estavam humilhados diante das forças do bem.

Eles sentem dores dilacerantes, pedem clemência e então Aldivan apieda-se deles. Com um sinal, são lançados nas trevas exteriores, de onde sairiam apenas com consentimento. Os humanos estavam salvos.

As nuvens escuras afastam-se e então o céu volta a ficar com cor azul clara. Os outros que só acompanharam a movimentação ajoelharam-se aos pés do seu mestre. No entanto, ele os levanta e juntos começam a descer a serra. O vidente acabara de dar uma grande prova de amor aos seus amigos, pois arriscara sua vida para protegê-los. Faria isso quantas vezes pudesse, pois, o amor que sentia por eles e pela humanidade era sem medidas.

Descendo a serra, o sentimento que fica é de alívio, paz e recolhimento. Escaparam duma grande enrascada com a ajuda dos anjos e o mínimo que deviam eles eram a gratidão. Graças a Uriel e Rafael, poderiam continuar em sua busca sem medo ou desconfiança. Tudo ia ficar bem.

Um tempo depois, concluem a descida e ao chegar junto aos carros, eles adentram nos automóveis e é dada uma nova partida. O próximo destino seria a cerca de dezessete quilômetros da cidade, cerca de trinta minutos por conta da situação ruim da estrada térrea.

Numa viagem sem grandes acontecimentos, eles passam por pontos importantes com o anfitrião explicando a importância de cada um deles fazendo a ponte de guia turístico, vencendo curvas, pedras e a falta de sinalização. Enquanto avançam à beira da caatinga, conversam, brincam, e admiram o local majestoso daquela região agraciada pelos Deuses.

Exatamente no tempo previsto, estavam diante de um fenômeno da natureza. Tratava-se da pedra do cachorro que pode ser caracterizado como cadeia de montanhas com um pico com formato parecido com um cachorro, circundado por planície vasta repleta de vegetação (misto de caatinga e mata atlântica) e acidentes naturais, ficando bem próximo um lago de água cristalina. Esta cadeia é a segunda mais alta do estado e pertence a uma reserva particular do patrimônio natural de Pernambuco, título concedido pela agência estadual de meio ambiente e recursos hídricos.

Os carros estacionam no sopé da montanha. A partir daí, o percurso até o topo é feito a pé e o grupo é gentilmente acompanhado por um dos motoristas que se chamava Aluísio cortes. O outro ficaria guarnecendo os carros. Sentindo-se como na primeira subida da montanha, onde tudo começou, o vidente e seus augustos amigos avançam gradualmente pela encosta da serra.

São três horas e meia da tarde e o calor parece aliviar um pouco. Enquanto sobem, os arcanjos e os guias vão à frente orientando os demais componentes os quais eram ainda inexperientes.

A experiência mostra-se maravilhosa e a cada passo dado, eles sentiam-se verdadeiros vencedores. Era exatamente neste ponto que o filho de Deus queria chegar. A subida era uma paródia usada para ensinar e treiná-los em simultâneo. Como na vida, eles só sentiriam realizados ao chegar no topo e o mestre queria enfatizar os meios e as formas de se chegar nele.

Ao ultrapassar um quarto do percurso, é promovida uma pequena parada. Os visitantes aproveitam para hidratar-se e incentivar uns aos outros. A subida era um verdadeiro desafio por ser íngreme. Contudo, o pior estava ainda por vir ou o melhor dependendo do espírito aventureiro de cada um.

O grupo continua avançando. São mais duas curvas estreitas pela frente. Em pares triplos e agarrados um ao outro, desafiam o medo da altura e a própria insegurança. Neste instante, o filho de Deus olha para baixo e o que antes era temor transforma-se em alívio por avançar tanto. Sentia-se feliz por si mesmo e pelos outros.

Á frente, o caminho se alonga e fica um pouco plano. Ao final dele, concluem a metade do trajeto e já haviam se passado cerca de uma hora em relação ao início da subida. Restava a metade do trajeto que prometia ser mais complicada.

A previsão se concretiza. Á medida que vão avançando, a trilha estreita-se de forma que só pode passar um por vez. Ultrapassam os três quartos do percurso e mais adiante já tem que enfrentar a famosa garganta da pedra do cachorro. É adrenalina pura agora!

Por sorte, Lídio trouxera cordas que auxiliaram muito na subida. Enquanto um puxava na frente, o outro de detrás segurava. Assim foram driblando as dificuldades. Trinta minutos depois, o último passa e então eles têm acesso ao topo.

Após uma incursão rápida para conhecer o local, eles começam a armar duas barracas, pois a noite já se aproximava. Por conta da distância, teriam que pernoitar naquele inóspito lugar. A situação agradou a todos, pois seria muito proveitoso sair da rotina tendo a oportunidade de aumentar o entrosamento entre eles.

Com a dedicação de todos, as barracas são erguidas a tempo. Por precaução, eles mantêm-se dentro delas de modo a se proteger do frio intenso e dos animas peçonhentos que aparecessem porventura.

Durante boa parte da noite, os integrantes divididos nas barracas vão trocando informações sobre os mais diversos assuntos. Abordam a questão da missão atual, fatos religiosos, aspectos financeiros, planos, notícias em geral, política e sociedade. Em dado momento, as lanternas têm que ser apagadas por contenção de energia e a única opção que lhes resta é tentar dormir naquele paraíso turístico. Que os céus os abençoassem!

Cercado por uivos e barulhos ao derredor, mas com a proteção dos anjos que se mantinham em alerta, eles vão atravessando a noite. Enquanto uns têm um descanso tranquilo, outros envolvem-se em pesadelos internos ou inquietações.

Um fato importante ocorrido na noite foi a misteriosa saída do vidente de sua barraca exatamente à meia-noite. Ele ficou a contemplar o céu, de onde uma estrela espargia luz em sua direção.

Após pronunciar uma oração secreta, ele entrou em contato com o ser que pousava na estrela, parecido com uma prestação de contas entre ele e o pai.

"Aldivan, Aldivan, meu filho, continue cuidando de minhas ovelhas! (Ser de luz)

"Eu o farei, pai! Até o momento tudo está ocorrendo como planejado. Já reuni seis apóstolos e com meus parceiros os levaremos ao local indicado e só aí eu me revelarei para o mundo. (O vidente).

"Tenha cuidado! Mantenha-se firme em suas convicções e em sua fé. Colocarei uma pessoa em seu caminho e esta pessoa tocará seu coração. Neste exato instante, sua alma brilhará. (Ser de luz)

"Eu? Tenho me mantido tão fechado para o mundo e o senhor sabe bem o porquê. (O filho de Deus).

"Sei de tudo e o compreendo. Somos um só. Mas no momento em que esta pessoa quebrar sua proteção, você encontrará a si mesmo com clareza. O seu "Eu sou" despertará no momento certo. (Informou o ser de luz)

"Tomara! Assim poderei orientar os outros em relação as suas próprias questões internas. É a minha missão atual. (O vidente)

"Está escrito! O destino e minha graça o acompanharão sempre. Agora, retorne à barraca e vá dormir. Seu corpo pede repouso e amanhã também será um dia desgastante. (Ser de luz)

"Está bem. Peço tua proteção e benção meu pai, senhor dos espíritos. (Aldivan)

"Abençoado está por natureza por ser um filho tão bom e dedicado. Em ti encontro meu agrado. Agora, vá em paz. Estarei contigo sempre, todos os dias de sua vida. (Deus)

"Assim seja! (O filho de Deus)

A estrela afasta-se em direção ao infinito. Quanto ao Aldivan, ele retorna apressadamente ao abrigo com o intuito de descansar mais um pouco. Antes de entrar, ele certifica-se ao seu redor e sente um alívio ao perceber que não fora descoberto. A comunicação com o pai era algo restrito e que nenhum humano além dele podia ter acesso, pois não estavam preparados. Javé Deus tinha luz infinita e um ser humano normal fatalmente morreria diante de sua presença.

Pé ante pé, ele entra na barraca, e deita ao lado do seu parceiro fiel Renato que estava desacordado. Agora era só esperar o dia raiar para que os trabalhos fossem retomados. Em frente sempre!

Retomada

Outro dia começa. Um a um, nossos amigos vão despertando e reunindo-se no topo da pedra do cachorro. Rafael e Uriel são os incumbidos de procurar alimento na região pelo fato de poderem deslocar-se facilmente por grandes distâncias. Do topo, eles seguem para a próxima cadeia de montanhas, onde encontram água e diversas categorias de frutas. Após pegar o suficiente para o café da manhã, eles voam novamente retornando ao local de antes, junto a seus amigos. Ao chegarem, já encontram todos despertos.

Imediatamente, são distribuídos os alimentos entre eles e enquanto alimentam o corpo, uma conversa surge inevitavelmente.

"Qual o próximo destino, amigo Lídio? (Rafaela Ferreira)

"Este é o último local que considero importante na cidade. No entanto, estou às vossas ordens. (Lídio Flores)

"Daqui retornamos à cidade. Ainda temos muitos locais a visitar. Não concorda, Rafael? (O vidente)

"Sim. Faltam várias cidades ainda até chegarmos ao ápice da história. (Rafael)

"Como assim? O encontro do "Eu sou"? (Lídio Flores)

"Nada ainda está definido, humano. Cabe a cada um de nós continuar cumprindo nossa parte e virão certamente surpresas construtivas durante e ao final do caminho" Explicou Rafael.

"Tudo bem. Esperarei. (Lídio)

"Como está sendo a vossa experiência até o momento? (O filho de Deus)

"Quando eu os encontrei, como é de conhecimento de todos, estava vivendo um péssimo momento pessoal. O encontro e as aventuras até aqui estão me ajudando a enfrentar meus problemas e ter esperanças de melhora" depôs Rafaela Ferreira.

"Fui rejeitada pela sociedade e por minha família por engravidar e abortado. Mesmo eu não tendo culpa, vozes incansáveis me condenaram. Aldivan e seus amigos foram os únicos a acreditarem em mim. Por isto, entreguei-me totalmente a esta aventura e a cada nova descoberta aprendo mais coisas sobre nosso pai e sobre o universo" Relatou Bernadete Sousa.

"Fui acusado de corrupção material e de menores. Perdi uma função de comando e ainda estou respondendo a processos judiciais. Errei sim, mas quem pode me julgar? Em vez de se aproximarem para me ajudar, os que eu considerava amigos afastaram-se e me condenaram. Perdera toda a esperança até que reencontrei Aldivan, meu colega de trabalho, e com seus amigos estou vivendo novas experiências. (Osmar).

"Fui acolhido no momento em que eu esperava mais nada da vida. Quem me abraçou e estirou sua mão? O jovem em que tempos atrás assaltei. Este fato me fez acreditar novamente numa força maior, em mim mesmo e na própria vida. Com relação á viajem, está superando minhas expectativas. (Manoel pereira)

"Apesar de ter estudado o universo, vocês estão mostrando a mim uma nova face da vida, de Deus e de mim mesmo. Por isto, agradeço a atenção desprendida até o momento. (Róbson Moura)

"Eu o acompanho desde o início e confesso que me surpreendo a cada episódio. A vida é realmente maravilhosa e o sucesso está garantido, pois, nós somos merecedores dele. (Renato)

"Nasci há bilhões de anos, mas nada é tão surpreendente quanto conviver com vocês. (Uriel)

"O senhor dos exércitos vos apoia em seus anseios e estamos aqui para garantir sua vontade" Explicitou Rafael.

"Que ótimo! Agradeço a participação de todos. Também estou aprendendo muito com tudo isso. Após ouvi-los, o que me diz, seu Lídio Flores, quer ser meu apóstolo? (O filho de Deus).

"Quero tentar. A contradição de ideias e a convivência com pessoas tão distintas assentadas num eixo comum é realmente inusitado" respondeu ele.

"Muito bem! Seja bem-vindo ao grupo. Somos irmãos em Javé, em cristo e em mim. Fique à vontade. (O vidente)

"Obrigado. (Lídio Flores)

"Vocês são ótimos, estou adorando. (Aluísio Cortes)

Após isto, há uma pausa na conversa. Educadamente e em silêncio, continuam a comer o desjejum. Ao término, as barracas são desfeitas e eles começam a fazer o caminho de retorno. A saga continuaria.

Na descida, passam novamente pela garganta da pedra do cachorro, onde só passa um de cada vez. Como da primeira vez, a gama de emoções é intensa e requer um grande esforço por parte deles. Contudo, tudo estava valendo muito a pena e guardariam as lembranças destes momentos mágicos eternamente em seus corações.

Após a travessia da garganta, eles seguem a trilha ainda estreita e vão descendo pouco a pouco com cuidado. De onde estavam, podiam contemplar o vale, a planície e o planalto com todas as suas cadeias de montanha além do próprio lago o qual ficava bem próximo. O ambiente era mesmo inspirador e os instigava a continuar na complicada travessia.

Logo à frente, tem que enfrentar mais obstáculos e o desgaste natural proveniente dos esforços desprendidos. Mais alguns passos e superam a metade do percurso. Da saída até aquele exato momento, já eram decorridos quarenta minutos totais.

Inicia-se a segunda parte do percurso. Com a mesma disposição e garra demonstradas na primeira parte do percurso, nossos amigos especiais vão descendo a íngreme e perigosa serra. A cada metro percorrido, sentiam-se recompensados e felizes. O que os fazia ter este espírito? A esperança, a promessa de uma vida melhor, a curiosidade, os problemas e um ser especial chamado de filho de Deus ou vidente que os incentivava e compreendia completamente. Tudo levava a crer numa solução de ideias a se realizar num tempo certo, "o tempo de Deus" e não dos homens.

Instantes depois, é promovida uma parada no exato ponto em que completaram três quartos do percurso. Eles aproveitam para hidratar-se e reunir-se rapidamente. Fica decidido os próximos passos do grupo e quando se sentem descansados a jornada é retomada.

O restante do percurso é concluído com tranquilidade apesar dos grandes obstáculos que se apresentaram. Chegam ao sopé, caminham alguns metros e finalmente vão adentrando nos automóveis. Com tudo pronto, é dada a partida rumo à cidade de onde continuariam sua saga.

São cerca de trinta minutos em estrada precária, enfrentando o calor, a poeira, a baixa ventilação, o aperto e até mesmo a solidão de alguns por permanecerem por tanto tempo longe de casa. Ali, cada um tinha uma história, uma origem, conceitos e valores que sempre os acompanhavam. Cabia ao dirigente máximo, o vidente, conciliar os desejos e sentimentos de todos de forma que ficassem satisfeitos. Isto era um desafio imenso mesmo ele sendo tão experimentado na vida.

Eles acessam a via urbana de São Caetano e orientam aos motoristas com relação ao endereço da residência de Lídio. Dez minutos depois, já chegam no local de destino. Despedem-se, pagam o frete e descem dos automóveis. Com alguns passos, ficam em frente da porta e então Lídio retira a chave cuidadosamente guardada num bolso interno da camisa. Experimenta-a na fechadura e a gira, abrindo caminho para ele e para os demais. Eles adentram no recinto.

Na casa, a primeira coisa que fazem é dirigir-se ao banheiro, um a um vão tomar um banho. Quando o último termina, vão descansar, pois, a aventura na pedra do cachorro fora bastante desgastante. Após, reúnem-se, fazem as malas e saem da casa novamente. O destino agora era a rodoviário onde pegariam um ônibus para a próxima cidade.

Esbanjando disposição e paz de espírito, os integrantes da equipe atravessam ruas, avenidas e praças num trânsito de movimentação normal. Neste caminho, encontram com outras pessoas e consigo mesmo na grande roda da vida do "Eu sou", título da saga atual. É o caminho mais estreito, mais difícil que um ser humano pode percorrer e o mais imprevisível também. Tudo girava em torno do vidente, um ser abençoado, o qual prometera dedicação e compreensão a causa dos apóstolos caracterizadas como cruciais. O que tinham em comum uma depressiva, uma Mulher que abortou, um pedófilo, um astrônomo, um evolucionista e um drogado? Poderíamos dizer que a fé era a força que os movia e faziam-lhes acreditar em tempos melhores.

Autenticidade em sua Maior Essência 17

Foi com este desprendimento que chegaram no terminal rodoviário quinze minutos após a saída da casa de Lídio. Um deles vai à bilheteria, compra as passagens e ao retornar no saguão principal encontram todos recostados nos assentos do local. Ele também senta e espera pelo ônibus. Enquanto o meio de transporte não chega, eles aproveitam para conversar e consequentemente fazer amizades com outros passageiros. Assim o tempo corre velozmente.

Quando eles menos esperam, o ônibus chega, é formada uma fila por ordem de chegada e vão adentrando no automóvel. Eles distribuem-se nas poltronas vagas e em instantes é dada a partida. Rumo a Caruaru, considerada a metrópole do agreste pernambucano.

Seriam cerca de vinte e um quilômetros de percurso até a conhecida capital do agreste e do forró, Caruaru, Localizada na mesorregião do agreste e microrregião do vale do (Ipojuca), possui área de 920,611 km² e população aproximada de 350 000 habitantes. Seu índice de desenvolvimento humano é de 0,677 alcançando a décima primeira colocação no estado. Uma cidade com grande importância em termos regionais.

Durante o tempo previsto de vinte e três minutos de viagem, o silêncio impera entre a equipe responsável. Como diz o ditado, há tempo para tudo, o descanso e a escuta eram predominantes neste exato momento.

Em relação aos problemas ou casos fortuitos, nada de mais grave aconteceu, apenas sustos que foram superados. Tudo parecia indicar que Javé Deus os protegia como filhos, pois nada podia os atingir ou atrapalhá-los na busca de seus objetivos. Este fato reforçava mais a ideia na crença da origem divina de Aldivan.

O percurso é finalmente completado. Eles descem na rodoviária e imediatamente alugam dois táxis que os levam e as bagagens a um hotel mais próximo. São mais vinte minutos enfrentando um trânsito até chegar no hotel denominado paraíso escondido. Eles descem, uns ajudando os outros, pagam o frete e avançam em direção ao portão de entrada. Eram exatamente dez horas quando eles entram no pátio principal e vão à recepção de modo a realizar os cadastros. Trinta minutos depois, tem concluído esta parte burocrática, combinam algo entre eles e em dupla vão pegando as chaves dos quartos. Eles sobem até o primeiro andar e dirigem-se aos respectivos quartos. Chegando lá, acomodam-se e conhecem um pouco o ambiente.

Uma hora depois, reencontram-se novamente. Desta feita, na copa, no andar térreo, onde entram na fila do autosserviço. Colocando um pouco de tudo, eles preenchem os pratos gulosamente. Há quanto tempo não tinham uma refeição decente? Era necessário aproveitar estes momentos e satisfazer as necessidades corporais.

Quando todos se servem, eles reúnem-se ao redor de duas mesas enquanto começam a comer, uma conversação é iniciada naturalmente.

"Qual o próximo passo, amigos? (Lídio Flores)

"Conheceremos a cidade sem maiores preocupações. A sorte está lançada" Explicou o filho de Deus.

"Está bem. Terei paciência" Observou Lídio.

"Ainda bem! É uma virtude que deve ser exercitada. (O vidente)

"Estou ansiosa. Raramente vi aqui e pelo que percebi este local é muito diferente do meu 'habitat'. (Bernadete Sousa)

"Sim. É um pouco humana. Comparada à sua vila, esta cidade aqui é uma selva de pedra onde é comum a violência, a falsidade e o distanciamento entre as pessoas. Em todo local existe isto, mas em vilas e em cidades pequenas a proporção é menor. (Rafael Potester)

"Entendi. (Bernadete Sousa)

"Por isto eu prefiro o ar puro e a tranquilidade da zona rural. Não troco por nada. (O vidente)

"Eu sou da mesma opinião" Diz Renato.

"Sanharó também é tranquilo, mas conheço um pouco aqui. O confronto entre duas realidades distintas me atrai. (Osmar)

"Minha cidade está no mesmo patamar. Tacaimbó é um paraíso. (Róbson Moura)

"Já são Caetano é uma cidade mediana. Inclusive em relação à violência. (Lídio Flores)

"Arcoverde já é um pouco parecido com Caruaru. (Rafaela Ferreira)

"Belo Jardim também. (Manoel Pereira)

"Independentemente disso, cidade ou campo, temos que viver, descobrir e tentar sermos felizes. Afinal, isto é o que importa realmente. (O vidente)

"Este sim, é um ponto importante. Tem todo meu apoio e proteção. (Uriel)

"Obrigado, meu honorável Arcanjo. (O filho de Deus)

"Á disposição. (Uriel)

"Felicidade! Eu não sei o que é isto desde que o meu antigo namorado me deixou. Você compreende isso, mestre? (Indaga Rafaela Ferreira)

"Sem dúvida. Eu sou a prova vida de que é sempre possível renascer. Eu já fui ignorado, desprezado, confundido e rejeitado pelas pessoas. Mesmo assim, eu não me desesperei diante de cada uma das decepções da minha vida as quais provocaram dores lancinantes. Ao contrário, eu continuei minha vida de cabeça erguida. É isto o que eu quero que aprendam: "A essência da fênix". (Aldivan)

"Eu queria tanto ser como você. Mas eu me apego de uma forma às pessoas que não dá para esquecer. (Rafaela Ferreira)

"Isto tem a ver com sua personalidade e seu histórico depressivo. Mas em dado momento você terá que fazer uma escolha definitiva e estarei aqui para ajudá-la. (O vidente)

"Obrigada. (Rafaela)

"Eu já fui feliz ou pelo menos pensava ser feliz. Depois da violência que sofri, tudo pareceu virar-se de cabeça para baixo. (Bernadete Sousa)

"Tudo o que nos acontece na vida tem vários pontos de visão. O que inicialmente pode parecer uma desgraça pode servir para um amadurecimento humano, cultural e espiritual. (O vidente)

"Você quer dizer que foi bom eu ter sido estuprada? (admirou-se Bernadete Sousa)

"Eu quero dizer que este ato serviu para que você reencontrasse seus valores e percebesse quem realmente a ama de verdade. (O filho de Deus)

"Nisto eu concordo. (Bernadete)

"Agora é só prosseguirmos adiante. (O vidente)

"Eu nunca fui feliz. Tive momentos felizes, mas sempre fui

perseguido pelos meus desejos animalescos internos e pelo meu mensageiro espiritual. Resultado: Acabei fracassando na vida. (Osmar)

"Nada é definitivo, meu amigo. Veja o meu exemplo: fui seu companheiro de trabalho e naquela época não tinha nem um computador onde digitar minhas obras. Hoje tenho uma boa máquina, uma boa posição no mercado de trabalho, companheiros e amigos que me apoiam. Em suma, tenho os meus problemas, mas diferem da situação anterior. O que importa é nunca desistirmos dos nossos sonhos. (O filho de Deus)

"Sim, és um exemplo inspirador e no momento que nos reencontramos percebi uma alma de guerreiro e a mesma doçura de menino de anos atrás. Que bom tê-lo como pai, irmão, mestre e, primeiramente, amigo. (Osmar)

"Em mim você não será confundido nem os outros. (O vidente)

"Vivi a bonança, a miséria, o constrangimento e o pecado. Meu maior momento de felicidade foi obter o perdão pelo que te fiz, filho de Deus, isto não tem nome. Nunca viverei o bastante para adorá-lo e glorificá-lo. (Manoel Pereira)

"Eu só retribuo um pouco do que o universo me fez. De um Simples sonhador me tornei vitorioso graças à ação do espírito e assim como fui perdoado e acolhido, eu ajo da mesma forma com os outros. (O vidente)

"Eu prometo dedicar-me nesta aventura e com o aprendizado alcançado tornar-me um ser humano melhor. (Manoel Pereira)

"Que bom! Continue assim, irmão. (O vidente)

"Você e seus anjos realizaram um grande sonho meu. Mesmo que nada mais aconteça, já valeu a pena tudo o que vivi até aqui. (Róbson Moura)

"Ainda há água para rolar debaixo desta ponte, irmão. Esperemos os próximos acontecimentos. (O vidente)

"Os desencontros levaram aos encontros e estou aqui numa nova fase da vida. Obrigado, meu cristo! (Lídio Flores)

"Meu pai escreve certo por linhas tortas. Muito feliz por ter você ao nosso lado. (O vidente)

Autenticidade em sua Maior Essência

"E eu aqui junto de ti nesta quinta saga. É redundante dizer que te amo, não é? (Renato)

"Também te amo. Você foi a primeira pessoa fora do meu círculo social que me chamou atenção. Eu o escolhi para ser meu braço direito nesta série e assim permanecerá enquanto estivermos em condições. (O vidente)

"Assim seja. (Renato)

"Você vê, filho de Deus? Mal chegamos à metade do trajeto e você já tocou no coração ferido destas pessoas. Sua atuação é fenomenal. Com todos os seus predicados, mereces o título de filho de Deus. (Rafael)

"Eu sou apenas aquilo que sou, o "Eu sou". (O vidente)

"E na sua simplicidade conquistou meu coração e o do mundo. (Uriel)

"Maktub! (o vidente)

A conversa prossegue normalmente por um pouco mais de tempo. Quando terminam de comer, reúnem-se rapidamente e decidem o primeiro local de visita. Feito isso, imediatamente saem e ganham as ruas. O tempo urgia.

Enfrentando um pouco de dificuldade por não estarem acostumados com o movimento intenso da grande cidade, os nossos augustos personagens caminham em avenidas, ruas e travessas. Atravessando os obstáculos e às vezes seguindo em linha reta, eles chegam a um ponto de ônibus orientado por alguns locais. O destino era o parque dezoito de maio.

Eles esperam pouco. Sete minutos depois de sua chegada, o grupo já embarcava no ônibus que fazia esta linha. Alguns acomodam-se em poltronas e outros ficam em pé devido à grande lotação do veículo que carrega uma diversidade étnica, política, religiosa e racial configurando a massa do povo, pertencente a classe social baixa. É então retomada a viagem. Da vidraça, nossos amigos aproveitam para admirar a paisagem urbana composta de prédios, estabelecimentos públicos e comerciais, praças, pessoas e muitos automóveis.

Seguindo a sequência de bairros centrais e de paradas, eles aproximam-se do destino. Embora este fato não lhes diminuísse a ansiedade, trazia um certo alívio diante dos desafios impostos no dia. O que os aguardava? Certamente seriam experiências esclarecedoras e únicas que lhes ajudariam em seu crescimento pessoal na totalidade. Pelo menos este era o objetivo de todos que se entregaram inteiramente a uma viagem sem precedentes. Uma viagem totalmente inusitada e reveladora comandada pelo filho de Deus em pessoa.

Falando no filho de Deus, ele acaba de ceder o seu lugar para uma velhinha idosa e se coloca no meio do veículo enfrentando atropelos, solavancos com o movimento do veículo, empurrões, falta de educação e falta de higiene dos vizinhos. Com o calor abafado pela falta de ventilação, pensa que vai desmaiar, mas consegue se controlar. Neste instante, lembra dos tempos de outrora e atuais, onde já andara no bagageiro de caminhonetes. Comparado ao que sofrera, o desafio atual era fácil de suportar.

O ônibus ultrapassa o penúltimo ponto. Faltavam agora apenas mil e quinhentos metros para a chegada no parque. O meio de transporte já esvaziara um pouco e então Aldivan e alguns outros voltam a sentar.

Com uma boa acelerada, em questão de instantes eles já descem na referida parada. A equipe da série "O vidente" e a maioria das pessoas desce, pois, ali era a parada principal. O parque dezoito de maio era o centro econômico da cidade onde se localizava a feira livre, a feira da Sulanca, a feira do artesanato e a feira de importados.

De onde descem, começam a passear no gigante local o qual possuía uma área total de quarenta mil metros quadrados. Vão ao açougue, ao mercado de farinha, ao banheiro para satisfazerem suas necessidades, passam pela feira dos pássaros, flores, panelas, calçados, roupas, raízes e ervas, comem um lanche e vão à feira da Sulanca.

Desde a chegada deles, já se passara duas horas e no momento que adentram na feira ocorre algo lhes chama a atenção: uma mulher em pé no meio da feira palestrando para um público assíduo debatendo sobre a sexualidade e os cuidados com a mesma. Com um sinal do vidente, eles aproximam-se mais e o mestre destaca-se da multidão enriquecendo a aula. Diana kollins, uma inglesa naturalizada brasileira impressiona-se com tamanha sabedoria e após encerrar a palestra vem procurá-los.

Autenticidade em sua Maior Essência

Eles reúnem-se num local reservado onde podem falar tranquilamente.

"Qual é o seu nome? (Renato)

"Meu nome é Diana Kollins, sou sexóloga e professora de inglês. Quem são vocês?

"Sou Renato, estudante de ensino médio, auxiliar de escritor.

"Chamo-me Aldivan Torres, mas também sou conhecido como filho de Deus, vidente ou Divinha. Formado em Licenciatura em Matemática, exerço as funções de escritor, roteirista, poeta, tradutor e funcionário público. Como escritor, sou autor das importantes séries "O vidente" e "Filhos da luz".

"Meu nome é Rafaela Ferreira, estudante, sou de Arcoverde e estou aqui para tentar curar uma depressão.

"Bernadete Sousa, sou do povoado de Mimoso, Funcionária pública municipal. Estou aqui para recuperar-me de um baque sério na minha estrutura familiar.

"Sou o Osmar, funcionário municipal de Sanharó. Meu objetivo é alcançar um novo estágio para minha vida.

"Manoel pereira, da cidade de Belo Jardim. Não sou formado em nada, pois vivi sempre à custa dos outros. No entanto, pretendo mudar esta realidade.

"Chamo-me Róbson Moura, sou Ufólogo e astrônomo, natural da simpática Tacaimbó.

"Lídio Flores, sou formado em Biociência e especialista em evolução, resido atualmente em São Caetano.

"Rafael Potester, arcanjo superior do Reino dos céus.

"Uriel Ikiriri, anjo guardião e mentor específico do vidente.

"Que massa! Muito prazer. Vocês são um grupo incrível. (Diana Kollins)

"Eu estive acompanhando uma parte de sua palestra e gostei muito. Quer dizer que você é uma perita em sexualidade? (O vidente)

"Bem, eu estudei para isto e ajudarei de alguma forma meus semelhantes. Contudo, não sei de tudo não, estou sempre aprendendo coisas novas. Aliás, gostei muito de sua interação na palestra (Diana)

"Obrigado. Somos novos na cidade e queremos passear por alguns pontos. Poderia nos acompanhar? (O vidente)

Diana analisa rapidamente a proposta com carinho. Apesar de ser uma mulher bastante ocupada, era a primeira vez que se sentia à vontade e atraída por figuras tão distintas. Mesmo que fossem estranhos, intimamente sentia confiança neles e naquele dia não iria mais trabalhar. Toma então uma decisão.

"Tudo bem. Desejam conhecer qual lugar da cidade?

"Eu queria conhecer a obra de Mestre Vitalino. E Vocês? (Indagou Renato)

"É uma boa ideia. De acordo, pessoal? (O vidente)

Os outros fazem sinal afirmativo. Isto demonstrava o excelente entrosamento e empatia que desenvolveram temporalmente. Eram vários corações interligados num só.

"Muito bem! A casa museu Mestre Vitalino fica bem próximo à residência, no bairro do alto do Moura. Aproveito e convido todos vocês a tomarem um chá em minha casa. (Diana kollins)

"Fechado. (O vidente)

"Então vamos. (Diana)

O grupo movimenta-se. De onde estavam, seguem para o lado externo do parque. Como o local é muito extenso e intenso, demoram cerca de trinta minutos para chegarem lá. Esperam um pouco até a chegada dum transporte.

Vinte minutos depois, um ônibus passa, eles embarcam e acomodam-se nas poltronas disponíveis. O meio de transporte retoma a viagem. Enquanto vão atravessando a cidade nas ruas, travessas e avenidas movimentadas os apóstolos tem tempo suficiente para refletir sobre tudo o que acontecera até ali e planejar secretamente os próximos passos. O que os esperava? De que maneira os objetivos distintos de todos seriam contemplados? E o que fazer depois? Tudo isto era uma incógnita grande demais naquele interior de Pernambuco exatamente às 15:30 Horas da tarde. De uma coisa tinham certeza: O caminho que estavam traçando era irremediavelmente decisivo na vida de todos.

E como estava Aldivan, o filho de Javé? Sentado numa das poltronas

Autenticidade em sua Maior Essência

da frente, ao lado de Renato, ele permanecia calado durante o percurso que no momento já estava na metade. Entram e saem pessoas do automóvel, e ele continua impassível. Era um pouco do seu jeito. Introspectivo, ele sabia o período certo de cada coisa resultante de sua união com o pai. E sua grandeza residia nas escolhas certas. Ele só tinha medo de uma coisa: decepcionar a si mesmo como outrora acontecera.

O ônibus avança, faz outras paradas e já ultrapassa os três quartos do percurso. A cada metro percorrido, a ansiedade e a agitação aumentam entre nossos amigos. O Bairro "Alto do Moura" é importante para a cultura local, regional e nacional. O artesanato de Barro representado por figuras como Mestre Vitalino, seus filhos, Mestre Galdino e Manoel Eudócio é considerado patrimônio imaterial do povo Pernambuco, nordestino e brasileiro em geral.

Alguns minutos depois, o meio de transporte tem acesso ao bairro e vai subindo gradativamente as ladeiras e obstáculos apresentados. Como o local tem vários pontos turísticos, as pessoas vão pedindo parada nos mesmos. Os nossos amigos ficam na antiga residência do artesão mais famoso que, como citado anteriormente, hoje é um museu de grande importância.

Diante do local, uma casa simples entijolada, estreita, curta e baixa, telhado bem distribuído, cercada de um muro também de tijolos, onde repousa uma escultura e um monumento (o mestre soprando um instrumento, pois também era tocador de pífano) com uma placa em homenagem ao artista, os nossos personagens vão entrando com outras pessoas. Ao adentrarem, começam a encantar-se imediatamente com o que encontram. Artefatos históricos, gravuras, obras em barro e cerâmica que demonstravam profunda criatividade. Não é por acaso que esta arte conquistou o mundo inteiro, inclusive com obras expostas na suíça e na França.

Admirando a simplicidade do lugar, nossos amigos aproveitam para admirar cada um dos objetos expostos. Um deles chama a atenção: O caçador de onça, obra que apresenta o caçador e a caça, lado a lado, num ritual fantástico. O vidente para diante desta peça e retoma o contato com seus amigos:

"Este monumento representa a nossa busca. O caçador e a caça num antagonismo que estreita as relações. O que mais lhe inspiram esta obra maravilhosa?

"Vejo a garra e a doçura. (Renato)

"Representa para mim a simplicidade e o orgulho. (Rafaela Ferreira)

"O sertanejo e seus esportes. (Bernadete Sousa)

"Carnificina e rebeldia. (Osmar)

"A lei do mais forte. (Manoel Pereira)

"Um encontro. (Róbson Moura)

"As evoluções pessoais. (Lídio Flores)

"O animal e o material. (Rafael)

"A cruz e a espada. (Uriel)

"Pois bem! Sou este caçador e vim ao mundo buscar as caças. Mas ao contrário deste sertanejo da obra, eu não vim matá-las e sim dar-lhes a vida contida no seio do meu pai. Vim libertá-los da escravidão do pecado e das injustiças deste mundo. Em troca, eu peço apenas o respeito e o seguimento às minhas leis. Juntos, faremos um reino justo diferentemente dos reinos terrenos onde predomina a corrupção, a deslealdade e a falsidade. Seremos filhos do mesmo pai, rumo ao sucesso e á felicidades eternas. (O filho de Deus)

"Porque nos escolheu, pobres pecadores? Não seria mais fácil procurar os justos? (Diana Kollins)

"Os justos não precisam de ajuda para salvar-se. Procuro os que necessitam de médico, os mais empedernidos pecadores. Neles, farei o milagre de transformar trevas em luz e sua felicidade será completa. Ao final, demonstrarão muito amor e obediência porque muito lhes foi perdoado. (O filho de Deus)

"Estou impressionada. Quero conhecê-lo melhor. (Diana kollins)

"Á vontade, irmã. (O filho de Deus)

"Fui a sua primeira caça. Porque me defendeu da ira do meu pai mesmo não sendo de sua conta? (Renato)

"Antes de tudo, meu caro Renato, eu sou o pai de todos. A autoridade de um pai terreno não seria empecilho para eu agir diante das injustiças. Independentemente do que acontecesse, o meu intento maior

Autenticidade em sua Maior Essência

era seu bem diante dos desmandos de um pai corrupto. Por isto, agi. (O filho de Deus)

"Entendi. Eu queria agradecer pela sua vida. (Renato)

"Agradeça ao meu pai. Tudo isto é obra dele. Ele age através das pessoas honestas e batalhadoras. Ao final de tudo, muitos corações irão encontrar-se. (O Filho de Deus)

"Confesso que me abati diante das circunstâncias da minha vida. Senti-me como caça, desprezada e humilhada. Já se sentiu assim, Aldivan? Como superar isso? (Rafaela Ferreira)

"Conheço cada sofrimento de vocês. Eu era a mão amiga que impediu de acontecer o pior. No nosso encontro físico, tive a oportunidade de revelar-me e mostrar o quão grande é meu amor por você. Por isto, a partir de agora, todos os seus problemas estão nas minhas mãos e na do meu pai. Nada te acontecerá. O passado deve ser suprimido e estudado para você poder evoluir. O meu "Eu sou" aprendeu isto com a vida e suas incansáveis batalhas me deixaram muitas marcas dolorosas, mas que não me derrubaram, pois, possuo a essência do altíssimo que dá a vida em abundância. (O filho de Deus).

"Glória a Deus por ainda acreditar em mim e me transformar! (Rafaela Ferreira)

"Assim seja, irmã. (O filho de Deus)

"Você me conhece, Aldivan. Brincamos juntos, choramos juntos, dividimos coisas, repartimos esperanças. Também fui caça e fui pega de surpresa. Apesar disso, confesso meu erro de destruir duas vidas. Como agir daqui para frente? (Bernadete Sousa)

"Sim, irmã, nos conhecemos. O que traz a perdição para os humanos é o orgulho e a síndrome de perfeição. Felizmente, você está consciente que ocorreu, e apesar das consequências trágicas posso afirmar que nem tudo está perdido. Quando o ser humano penetra no fundo, de sua alma e vê o abismo em que se jogou e toma a firme resolução de não mais pecar, é possível resgatá-lo. O meu pai é um Deus do presente e do futuro e a partir do instante que você me aceitou, eu garanto que tudo está esquecido. A transformarei na Eva redimida, verdadeira seguidora das leis do pai. As trevas, os laços da morte, as feras espirituais, as potestades infernais, a magia negra, as preces africanas, enfim, as portas do inferno e a morte não terão poderes sobre ti, sobre meus outros apóstolos e nem sobre aqueles que acreditam em meu nome. Pois, só há um Deus verdadeiro e o seu nome é Javé. (O filho de Deus)

"Faça-se em mim conforme suas palavras. (Bernadete Sousa)

"Assim seja. (O filho de Deus)

"O nosso reencontro foi um milagre. Encontrei em você o amigo de sempre, agora mais maduro e mais realizado. No primeiro momento, fui caçador, pois fui seu chefe de trabalho. Neste segundo, sou sua caça, e fui encontrado partido em vários pedaços por conta da grandeza dos meus pecados. Gradualmente, estes pedaços estão se colando como se houvesse um milagre. Poderia nos contar qual é o seu segredo? (Osmar)

"Não há nenhum segredo. Faço parte do fluxo de energia do bem maior e é este que realiza os prodígios. Meu objetivo é usá-los como exemplo para o restante do mundo de modo a curá-los também. A corrupção e a pedofilia são alguns dos males da humanidade, mas não é crucificando as pessoas que se chegará a algum lugar. Precisamos de centro de reabilitação corporais e espirituais para reabilitar estas pessoas. Só assim o mal será eliminado. (O filho de Deus)

"A eterna batalha do bem contra o mal. Será possível um dia alcançar o que propõe? (Osmar)

"Enquanto houver mundo o mal estará presente. Mas se confiares completamente em mim e no meu pai, poderemos alcançar o milagre do "Eu sou" e o impossível tornar-se-á possível. (Garantiu o filho de Deus).

"Eu creio! (Osmar)

"Então no momento certo, alcançarás o prodígio. (O filho de Deus)

"Assim seja. (Osmar)

"Fui sempre o caçador. Nas ruas, avançava sobre as vítimas sem nenhuma pena e não descansava até alcançar meus objetivos. Contudo, onde tudo isto me levou? A uma miserável vida cheia de falsidade, covardias, medo e insegurança. O nosso primeiro encontro despertou em mim a compaixão que me marcou por um bom tempo. O Segundo encontro está sendo minha redenção. Agora sou caça e só quero estar ao lado do meu amo e senhor. Eu vos amo por ter me perdoado e mostrado um novo rumo para minha vida. (Manoel Pereira)

"Você fez apenas a escolha certa. Lá, no fundo, apesar de sua maldade, não passavas de um menino frágil e carente que queria se autoafirmar. Eu apenas dei um pequeno empurrão. O momento agora é de aprendizado e de planta de novas sementes para teres uma vida tranquila no futuro. (O filho de Deus).

"Continuarei no caminho. Muito obrigado. (Manoel)

"De nada. Disponha, sempre, amigo. (O filho de Deus)

"Você realizou um dos meus sonhos e a partir daí nutri uma grande admiração por ti. Apesar de ser um estudioso do universo, não conhecia a mim mesmo e isto estou descobrindo com vós. Prometo dedicar-me muito a missão e descobrir mais um pouco deste Deus maravilhoso que se encerra em ti. Sou tua caça e podes me usar. (Róbson Moura)

"Você é um dos casos mais difíceis que peguei. Seu ceticismo era uma venda que estava sobre seus olhos e eu sabia que para retirá-la teria que dar-lhe uma prova do poder do meu pai. Eu o fiz pelo grande amor que carrego no peito, mas foi uma exceção. Não haverá maiores sinais até o fim do mundo para que acreditem no meu nome. As pessoas têm que ter fé. (O filho de Deus)

"Agradeço por isso, meu senhor. (Róbson Moura)

"O senhor está nos céus. Sou seu amigo e também estou aqui para aprender. (O filho de Deus)

"Está certo. (Róbson Moura)

"Estudei a ciências e as teorias de evolução, mas nada é tão claro quanto você. Como eu queria que todos os cientistas tivessem a oportunidade que estou tendo agora. O mundo estaria salvo. (Lídio Flores)

"As civilizações avançam e gradualmente as pessoas ficam mais distantes de Deus. O embate ciência e fé é constante. Foi provado a grande explosão, mas quem acendeu sua chama? Os humanos vão ficar loucos se pretendem ter respostas para tudo. Acima da razão, está a força do meu pai que é incompreensível e misteriosa e assim será para sempre. (O filho de Deus).

"É verdade. Sinto feliz em fazer parte do grupo. (Lídio Flores)

"E eu fico feliz de tê-lo ao meu lado. (O filho de Deus)

"É realmente impressionante. Quem é você, Aldivan? (Diana Kollins)

"" Eu sou" aquilo que sou. Estou entediado aqui. Poderia nos levar para outro lugar? (O filho de Deus)

"Sim. Vamos à minha casa. Tenho que preparar o jantar. (Diana)

"Ótimo. Estou com fome. Vamos, pessoal? (O filho de Deus)

"Sim. (os outros, concomitantemente)

Diana dirigiu-se a saída do museu e os outros a seguiram. Com alguns passos, eles já ultrapassam a porta, passam pelo muro e ganham as ruas. O que aconteceria? Esperemos os próximos capítulos.

O grupo segue por ruas e avenidas, percorrendo dois quarteirões. Na avenida central do bairro, eles seguem pela rua da direita. Chegando a quinquagésima casa, Diana para, tira do seu suéter uma pequenina chave e avançando alguns passos experimenta na porta da respectiva casa, uma casa simples, de tamanho médio (14 × 6metros) estilo chalé contemporâneo. Na parte da frente, além da porta, há uma janela lateral e bem no centro uma figura parecida com um urso detalhada no reboco. Além de simpática e agradável, a residência era histórica.

Na segunda tentativa, Diana abre a porta e então todos adentram na sala, sendo o primeiro cômodo da casa. Com piso de cerâmica, argamassa fina nas paredes e teto de gesso, a casa aliava modernidade a bom gosto demonstrados nos móveis do repartimento (poltrona, jogo de cadeiras com centro, estante de madeira a qual abrigava eletroeletrônicos, enfeites, livros, revistas, cortina e mesa telefônica). Os nossos amigos acomodam-se na poltrona e os que sobram ficam nas cadeiras disponíveis. Ainda sobram duas pessoas que ficam em pé.

Diana os deixa por um momento porque tinha obrigações a cumprir. Enquanto isso, os outros descansam e divertem-se numa conversa de forma distraído. Estes momentos de lazer eram raros e deviam ser aproveitados mesmo que o peso da responsabilidade da aventura fosse gritante.

Uma hora depois, Diana conclui suas obrigações e retorna à sala diante do grupo e volta a interagir. Pouco tempo depois, alguém chega e a anfitriã fica encarregada da apresentação. Tratava-se de Ricardo Feitosa, um homem baixo, magro, feições definidas, cerca de quarenta anos que era seu marido e retornava neste exato instante do seu trabalho numa construtora. A sua função nesta empresa era de pedreiro e se não fosse a ajuda da mulher eles não conseguiriam pagar as contas, pois a vida numa cidade grande era bastante cara devido à crise financeira e a inflação galopante que o país e boa parte do mundo enfrentavam.

A conversação continua por mais um tempo. Exatamente às 18:00 Horas, eles reúnem-se na cozinha e durante trinta minutos degustam o tempero de Dona Diana. Além disso, aproveitam para estreitar as relações entre si.

Ao final da refeição, o vidente gentilmente entra em contato com os anfitriões em nome do grupo:

"Adorei o seu convite, Diana. Obrigado pela oportunidade de conhecer sua casa, seu esposo e um pouco de si mesmo. Eu agora é que a convido para continuar conosco. Quero conhecer a zona rural de Caruaru e espero visitar um local lindo que nos inspire.

"Obrigada. Eu gostaria sim, pois vocês me encantam. O que acha, amor? (Diana)

"A decisão é sua. Se quiser, estará livre para ir. Estarei esperando sua volta. (Ricardo Feitosa)

"Então eu vou. Em que hotel estão? (Diana)

"No Hotel palácio" Informou Rafael.

"Eu o conheço. Fica próximo à rodoviária. Esperem-me às sete da manhã. Está bem, Aldivan? (Diana)

"Está ótimo. Muito obrigado. Nós já vamos. Um boa noite. (Aldivan)

"Um boa noite. Até amanhã! (Diana)

"Até logo! (Aldivan)

No instante seguinte, todos se despedem e são acompanhados até a porta por gentileza do casal. Dirigem-se ao ponto de ônibus e chegando lá, não demora mais que vinte minutos para pegar condução. Eles então adentram no veículo e acomodam-se.

Por ser noite, enfrentam um tráfego normal e na terceira parada é a vez de descerem. Caminham um pouco, entram no hotel e cada um vai para seus respectivos quartos. Enquanto uns dormem imediatamente, outros tentam aproveitar a noite o melhor possível. O mais importante era que todos estavam unidos em torno de um objetivo comum que era o do autoconhecimento. Um boa noite a todos.

A caminho.

Um novo dia aparece. Diana e seu marido acordam bem cedinho e vão cuidar de suas obrigações. Enquanto ela toma banho para o tão esperado reencontro com os seus novos amigos, o marido gentilmente prepara o desjejum dos dois. Lá fora, uma brisa fria sopra, cai alguns pingos de chuva ameaçando chover. O que aconteceria? Já passaram por sete cidades vivendo diversas experiências e agora Diana sentia-se como a nova aquisição do grupo embora isto não tivesse sido ainda formalizado.

Ela está no banheiro pensativa. Ela era do tipo de pessoa que não acreditava no destino, mas parecia que tudo estava se encaixando como num jogo de quebra-cabeças. Primeiramente, encontrara o grupo num dos momentos mais críticos de sua vida tanto emocional (quanto) familiar. Emocional porque já não conseguia compreender os fenômenos sociais modernos a exemplo da despretensiosidade, falta de humanidade das pessoas e o fenômeno da revolução do sexo o qual tornou a maioria das pessoas descartáveis. Afinal, do que adianta ter sexo casual e ficar sozinho depois? Somos humanos, envelhecemos e não somos eternos. Mesmo que fosse difícil, era melhor esperar pelo amor na opinião dela. Em relação ao momento familiar, brigara com o marido na semana anterior, algo que nunca havia ocorrido antes em cinco anos de casamento. Ainda bem que os dois sentaram juntos para conversar e terminaram se entendendo. No instante em que estava absorvendo estes impactos, aconteceu o inusitado encontro com um jovem escritor o qual se definia como filho de Deus e que era um amor de pessoa, seu parceiro de aventuras, os dois arcanjos e mais seis pessoas denominados apóstolos. Aquele fora o momento mais importante de sua vida, pois lhe mostrara um mundo maior e mais complexo do que supunha existir. Agora estava pronta para mais experiências.

Após vinte minutos de exercícios de limpeza, ela conclui o banho. Veste então a toalha, ultrapassa a porta da toalete e a passos firmes e seguros encaminha-se ao seu quarto que fica a alguns metros dali. Em questão de instantes, já se encontra em seu compartimento pessoal escolhendo entre roupas, acessórios, sapatilhas e joias. Escolhe uma saia verde curta, uma blusa estampada de seda, uma calcinha rosa, um sutiã, um colar, uma pulseira, um relógio e uma sapatilha confortável. Ela veste-se. Já vestida, procura maquiar-se e colocar um bom perfume suave Pronto. Sentindo-se feliz, ela segue até a cozinha para observar como o marido se saíra em sua tarefa.

Chegando lá, para sua surpresa, encontra tudo bem limpo e organizado. Quer dizer que tinha um dono de casa e nem desconfiava? A vida era mesmo bela e cheia de surpresas. Agora só faltava provar de sua comida.

Ricardo, agindo como um verdadeiro cavalheiro, puxa a cadeira para a esposa e quando ela se acomoda, começa a servi-la Após, ele também senta e serve-se também. Neste instante, eles pareciam realmente um casal unido o que já fora esquecido por um bom tempo pela monotonia e a vida corrida de ambos. Ela aproveita e puxa conversa.

"Você está de parabéns, amor. Nem parece aquele homem ranzinza da semana passada.

"Obrigado. Eu que estou de parabéns por ter uma esposa talentosa como você. Entretanto, deves compreender meus lampejos de fúria, pois vivo pressionado no trabalho e na minha vida social. Mesmo que isto não justifique, eu peço um pouco de paciência de sua parte.

"Somos dois. Como sabes, eu tenho também muitas ocupações na escola que trabalho e nas minhas palestras. Às vezes, dá vontade de xingar todo mundo, mas sempre mantenho a compostura. Penso que é porque mulher é mais delicada e racional.

"Sim, eu concordo. A mulher é realmente um espécime lindo que o criador dignou-se fazer para os homens. Dentre elas, escolhi você para ser minha esposa.

"E o amor? Continua o mesmo de quando nos casamos?

"Penso que sim. Você ainda me agrada muito como mulher e como pessoa.

"Ainda bem! Também sinto o mesmo. Tomara que nossa situação melhore a partir de agora.

"Só depende de nós, amor.

"Exato.

"Bem, eu terei que me arrumar para o trabalho. Boa sorte no seu passeio com seus amigos.

"Obrigada.

Ricardo complementa a despedida com um beijo e um abraço na querida esposa. Já terminara seu café. A esposa também cuida de concluir seu café e quando volta ao quarto para pegar a bolsa e terminar de arrumar-se o marido já não se encontra. Era assim diariamente. Bem cedinho, ele partia para o trabalho na construtora e só voltava à noite. Ela, no que lhe concerne, ia um pouco mais tarde para seus trabalhos e assim os dois permaneciam separados o dia inteiro. O hoje era uma exceção, pois pedira uma licença temporária por conta do encontro com seus novos amigos.

Ela fica pronta. Portando um belo xale vermelho e uma bolsa de couro a tiracolo, ela dirige-se a saída e ao ultrapassá-la tranca-a por fora com segurança. Agora estava decidida a ir de encontro a novos horizontes e a novidade a excitava.

Caminha algumas centenas de metros tomando máximo cuidado para não ser atropelada. Nas cidades médias e grandes era assim: os motoristas não respeitavam os direitos dos pedestres e como ela tinha amor-próprio tinha que se cuidar.

Ao final de uma rua cheia de elevações, ela encontra um ponto de ônibus e por sorte um deles chega no exato momento. Com outras pessoas, ela sobe no veículo, sentando na primeira fila de poltronas.

O ônibus acelera e continua avançando em sua linha designada. Do Bairro" Alto da moura", onde estavam iriam até o hotel palácio o qual ficava numa região central e valorizada. No caminho, passam por intricadas ruas num ritmo constante entre o acelerar do motor, paradas e a poluição urbana. Diana cumpre o combinado: os levaria a um local deserto, com ar puro e totalmente interligado com a natureza. Ela já decidira exatamente o local e seria uma novidade para todos.

Ela desce na parada respectiva, paga a passagem e despede-se gentilmente. Restavam apenas poucos metros para a chegada ao hotel sendo cumpridos em um curto espaço de tempo. Diante dum gigante com térreo e primeiro andar, a mesma entra no saguão principal, aproxima-se do balcão de atendimento a perguntar pelos seus amigos. Obtém a informação que eles estão no refeitório tomando seu café da manhã. Um pouco surpreendida por já ser oito horas da manhã, ela compreende que os mesmos vêm de uma longa viagem e que os momentos de descanso deviam ser escassos. Agradecendo a atendente, ela parte sobre a sua orientação de onde ficava o recinto. Neste instante, a ansiedade e o nervosismo doíam em seu peito e só ficaria mais tranquila ao reencontrá-los.

Instantes depois, ela conclui o pequeno trajeto de alguns metros entre o saguão e o refeitório. Encontra seus amigos juntos ao redor de duas mesas sobrepostas. Por sorte, ainda há um lugar vago na ponta do lado direito e é onde a mesma se acomoda. A conversa inicia-se inevitavelmente.

"Quer algo, Diana? Ainda tem bastante alimentos nas prateleiras "Ofereceu o vidente.

"Obrigada, querido. Mas eu já tomei café. Como você está? (Indagou ela)

"Estou bem, ansioso por descobrir coisas novas. Agora, apesar de ser mestre sou seu aprendiz e juntos podemos nos complementar. (O vidente)

"Se você diz, eu acredito. (Diana)

"E o seu marido? O que acha disso? (Renato)

"Apesar de termos tido alguns problemas ultimamente, ele foi compreensivo. Acredito que isso provém de sua confiança em meu amor. (Diana)

"Ainda bem! (Renato)

"Como é seu trabalho? (Rafaela Ferreira)

"Tenho múltiplas funções, pois sou responsável pela maior parte das despesas da minha casa. Ensino em duas escolas a língua inglesa, minha madre língua, e nas horas vagas e alguns fins de semana sou contratada para dar palestras sobre sexo. Dentre as instituições que requisitam estão escolas, presídios, empresas, abrigos entre outros. Juntando todos os rendimentos da casa, é o suficiente para sobreviver. Você, tem alguma ocupação? (Diana)

"Sou, aliás, era estudante. Sofro de depressões sucessivas que me prejudicaram muito. Contudo, espero ao final desta aventura ter perspectivas concretas. (Rafaela Ferreira)

"Tomara. Eu também. Quero avançar em todos os sentidos e a vossa companhia é muito importante. (Diana)

"De que lugar da Inglaterra você é? (Bernadete Sousa)

"Sou da capital, Londres. Nasci lá e depois de um período de recessão grave em nossa região, meus pais mudaram-se para o Brasil, pois lá na Europa via-se muito o jargão "país do futuro". Inicialmente, residimos em Recife, mas como a concorrência lá também era grande eles decidiram morar em Caruaru, pois era e é uma cidade muito promissora. Eu tinha dez anos nesta época. (Diana)

"Caramba! Então você deve ter uma bagagem incrível. Nasci, cresci e resido em mimoso, um pequeno povoado que liga o sertão ao agreste do estado, e confesso que sou uma inocente ainda. Não conheço outras culturas, outros países ou até estados vizinhos. Deve ser muito interessante. (Bernadete Sousa)

"Sim, é. Mas como diz o ditado, "Ninguém sabe tudo que não possa aprender e ninguém é tão ignorante que não possa ensinar. Estamos no mesmo barco a procura de algo maior e o x da questão está concentrado no destino, na nossa fé e no próprio mestre que encerra os segredos do pai. (Diana Kolllins).

"Concordo. (Bernadete Sousa)

"Como conheceu seu marido? (Osmar)

"Foi muito inusitado e dou gargalhadas até hoje. Foi numa das minhas palestras para grupos empresariais. Compareci a uma construtora

Autenticidade em sua Maior Essência

a pedido de um dos dirigentes e então todos os empregados foram reunidos no pátio principal da sede da empresa. Comecei a palestrar usando o microfone para que todos ouvissem e dentre todos os presentes ali ele foi o mais participativo. Ao final da palestra ele me abordou altivo, vestindo o uniforme de trabalho, um macacão azul com mangas curtas, usava um sapato social preto, relógio de pulso e um boné que cobria seus ouvidos. Pude reparar que seus olhos brilharam e seu largo sorriso conseguia penetrar-me a alma Ele apresentou-se, nos cumprimentamos e inesperadamente ele soltou uma cantada singular: "Você é tão bonita quanto suas palavras". Aquilo tocou-me profundamente, continuamos a conversar e ao final da conversa ele me convidou para sairmos no outro dia. Como ele era um homem interessante, aceitei seu pedido. Posso dizer que foi uma das melhores atitudes que tomei na minha vida. No primeiro encontro, descobrimos muitas coisas em comum, aconteceu o primeiro beijo e oficializamos a paquera. Mais tarde, namoramos firme, noivamos e casamos. União que dura até hoje. (Diana)

"Incrível. Você é uma felizarda. Eu, ao contrário, só tive desamores e relacionamentos conturbados. Entretanto, não culpo ninguém porque cada um é responsável pelos seus próprios problemas. (Osmar)

"Posso não concordar completamente com isso, mas este é o caminho. Todos temos um ponto de busca comum e temos que persistir para alcançar ou resultados desejados. (Diana)

"Pelo menos estamos tentando. (Osmar)

"Isto é verdade. Não perdemos nada por tentar. (Diana Kollins)

"Sobre o seu trabalho de sexóloga, em que consiste e que dicas daria para quem sempre viu o sexo como algo banal? (Manoel Pereira)

"Resumidamente, o trabalho de um sexólogo consiste em orientar em relação às disfunções sexuais femininas e masculinas. Em relação ao seu caso, eu sugeriria uma mudança de rotina, contato com outras pessoas, com outros ambientes e dar-se a oportunidade de ser feliz. Geralmente, as pessoas poligâmicas são indivíduos frustrados com sua própria sexualidade.

"Tudo certo. Obrigado pelas explicações. (Manoel Pereira)

"Por nada. Disponha, colega. (Diana)

"Entendo você e sei o que nos une. Sou astrônomo e ufólogo e mesmo tendo tanto conhecimento eu me sinto criança diante do Aldivan. (Róbson Moura)

"Sim. Somos opostos e iguais naquele em que Deus se compraz. (Diana Kollins)

"Sou pequeno em minha humanidade e grande naquele que me fortalece. Mesmo assim, os amo como a mim mesmo. Não me envergonho de chamá-los de irmãos ou amigos, pois um dia também já me senti perdido como vocês" Interveio Aldivan.

"Glória! (Todos)

"E eu sou mais um frustrado deste grupo. Bem-vinda, amiga Diana. (Lídio Flores)

"Muito obrigada! Respondeu ela.

"Está na hora de irmos. Já são oito horas e vinte minutos" Lembrou Rafael.

"É verdade. Preparado, filho de Deus? (Uriel)

"Sim. Mostre o caminho, dona Diana Kollins. (Ordenou o vidente)

"Está bem. (Diana)

Como já concluíram a refeição, os nossos amigos voltaram aos quartos, prepararam suas mochilas com provisões para viagem. Com tudo pronto, saíram do hotel com destino a ponto de táxi mais próximo. O que aconteceria de interessante na vida destes aventureiros? Não percam as próximas cenas, queridos leitores.

Na zona rural

O grupo desloca-se em boa velocidade pelas ruas da capital do agreste. Cada passo dado representava uma nova conquista na vida daquela humilde equipe formada por um vendedor de sonhos, um jovem massacrado pela vida, dois arcanjos, uma depressiva, uma Mulher que abortou, um corrupto, um delinquente drogado, um astrônomo, um evolucionista e uma sexóloga. Todos eles, sem exceção, foram massacrados pelo mundo e só alcançaram abrigo no peito amigo do primeiro a ser citado. Apesar de ser um grande mistério para todos, o filho de Deus já demonstrara que suas intenções eram verdadeiras e sérias. O que estivesse ao seu alcance ele certamente o faria para responder e satisfazer as questões pertinentes.

Com esta certeza, eles continuam a ser guiados pela anfitriã e pelo seu mestre. Exatamente quinze minutos depois, eles atingem o ponto desejado, uma praça de tamanho médio onde ao derredor localizam-se os taxistas. Contratam dois deles e após acomodar-se nos veículos é finalmente dado a partida. Os táxis começam a percorrer o perímetro da cidade.

Enquanto avançam nas ruas movimentadas, a maioria aproveita o momento para descanso e reflexão. Analisando tudo o que foi vivido até ali, concluem que valera a pena cada gota de suor derramado. Conquistaram conhecimento, entrosamento, amigos e saído da rotina. Certamente já estavam de alguma forma transformados e o maior responsável por isso era um ser chamado Aldivan Teixeira Torres, também conhecido como Divinha, vidente, filho de Deus, Emanuel, Messias. Graças a ele, muitos dali não desistiram de viver e experimentaram nele um novo conceito de Deus, algo nunca dantes visto, pois, a humanidade estava transviada e dispersa. Temporalmente, a tendência disto era apenas piorar.

Após o cumprimento duma parte do perímetro da cidade, eles acessam uma estrada de terra e a partir daí a viagem torna-se uma grande aventura. Enfrentando a precariedade da estrada feita de barro vermelho, as grandes curvas e as incessantes subidas eles têm que se esforçar muito para não desistir ou vomitar. Neste instante, a adrenalina é total!

Enquanto avançam sofregamente, suas mentes ocupam-se em seus próprios problemas e a questão maior era o objetivo atual. Por que Diana escolhera exatamente aquele lugar? Não era melhor visitar um museu ou uma Igreja na cidade? Era o que a maioria se perguntava. Contudo, ao chegarem no alto da serra, estes pensamentos fogem completamente. Eles descem dos táxis, pegam o telefone dos condutores os quais retornam à cidade e deixam os visitantes ali, a deslumbrar-se com a maravilha da natureza o qual se apresentava.

A serra dos cavalos é um parque ecológico com cerca de 360 hectares, reserva natural de mata atlântica, que abriga vários espécimes vegetais e animais a exemplo de palmeiras, cipós, briófitas, jacarandá, peroba, cedro, andira, figueiras, o gavião, o beija-flor, o jacu, a cobra-coral, a paca, o lobo-guará e outros.

Eles estão exatamente no restaurante, de onde tem uma vista completa da cidade. Enquanto admiram a beleza local, eles aproveitam para pedir um lanche rápido no estabelecimento. Acomodam-se ao redor de duas mesas sentados em cadeiras de madeira, são servidos pouco depois e enquanto se alimentam uma conversa inicia-se naturalmente entre os presentes.

"Isto é incrível! Eu nunca me senti tão bem quanto agora. Diga-me, Diana, com qual frequência você vem aqui? (Rafaela Ferreira)

"Sempre que posso, querida amiga. Este também é um local místico para mim. (Diana)

"Muito bom mesmo. (Rafaela Ferreira)

"Também moro num local místico. Sou da montanha do Ororubá, em Mimoso, local que abriga a gruta do desespero, onde todos os sonhos são possíveis. (Renato).

"Eu também considero que aqui é um local onde sonhos se realizam. Mas como é a história desta gruta? (Diana)

"O vidente sabe explicar melhor. Poderia, Aldivan? (Renato)

"Claro. A gruta do desespero é um local extenso, escuro, úmido e cheio de armadilhas. Fui o único sobrevivente á seu fogo e realizei o meu sonho de tornar-me o vidente. Agora sou um ser superdotado capaz de transcender os limites espaços temporais e de compreender o coração humano. Sinto orgulho de ter derrotado a gruta mais perigosa do mundo. (O vidente)

"Que massa! Terei o maior prazer em aprender junto a você, um ser experimentado. Em relação ao local, está gostando? (Diana)

"Tudo aqui é especial e com meus amigos fica melhor ainda. Obrigado por nos trazer aqui. (O filho de Deus)

"Por nada. (Diana Kollins)

"Eu também estou gostando daqui. Fui criada na zona rural e para mim o ar puro, a tranquilidade e a natureza são as melhores coisas que existem. Confesso que a cidade já estava afetando meus nervos com toda a sua agitação" Comentou Bernadete Sousa.

"Que bom, colega. Gosto dos dois 'habitats', campo e cidade. Penso que cada um tem algo a proporcionar. (Diana Kollins)

"Cada um tem seu ponto de vista" Observou Bernadete.

"Vim uma vez aqui nos meus áureos tempos. Naquela época, eu não tinha a mente de agora e me sentia manchado. Contudo, desta vez sinto que há algo a mais no ar. (Osmar)

"Cada pessoa reage de uma forma diferente diante de locais sagrados. No meu caso, eu buscava encontrar meu destino e você procurava fugir de si mesmo. O que é comum é a mágica que toca os corações. (O vidente)

"Sim, mestre. Tem razão. E você, Diana? Qual era seu objetivo ao vir pela primeira vez aqui? (Osmar)

"Vim apenas a passeio pouco tempo após ter casado" Informou ela.

"Está certo. (Osmar)

"Meus amigos, queria dizer a vocês como estou feliz. Conheci o mundo da droga, da criminalidade, da ambição, da perversão, da violência, enfim das trevas e através de um perdão de um ser miraculoso chamado Aldivan eu ressuscitei. Agora, tenho a oportunidade de conhecer este lugar lindo, vegetação, animais, lagoa, serras e com pessoas incríveis. Eu não tenho palavras para descrever o que sinto. (Manoel pereira)

"Qual o seu segredo? Eu ainda estou confusa. (Diana Kollins)

"É normal. O meu segredo é ter entregado à minha cruz a pessoa certa, alguém que realmente se importa conosco e nos ama. Esta pessoa que nos inspira agora. (Manoel Pereira)

"Eu não sei. As dúvidas não me deixam raciocinar. (Diana)

"Você superará com o tempo. Nos dê uma oportunidade. (Manoel)

"Confie. Eu também tinha temores, mas gradualmente fui descobrindo um pouco do filho de Javé, o filho espiritual. Percebi que ele é a resposta para nossos problemas. (Lídio Flores)

"O meu protegido é especial. Não tem o que temer. (Uriel)

"Os anjos estarão ao seu lado, caso nos aceite. (Rafael)

"Obrigado a todos pelas recomendações. Não temas. Prometo que se entregares vossa vida a mim nada de mal te acontecerá, pois, meu pai é o Deus do impossível. Se creres em mim, eu orarei em seu nome e meus anjos cuidarão de você. Não há felicidade além de mim nesta terra, mas você é livre para decidir. Continuarei a ama-la de qualquer forma. (O vidente)

Diana fica calada e pensa um pouco. O que estava acontecendo? Até pouco tempo atrás era uma mulher normal, com problemas, medos, felicidades e decepções. No entanto, diante de Aldivan e daquelas pessoas sentia fazer parte de algo maior. Mesmo que tivesse suas responsabilidades com emprego, marido, família e sociedade, nada parecia importar naquele momento. O seu "Eu sou" gritava dentro de si pronto para ser descoberto e só tinha uma oportunidade de libertar-se: Entregar completamente sua vida aquela missão que para muitos podia ser considerado uma loucura. Toma então uma firme decisão, voltando a comunicar-se:

"Eu aceito. O que devo fazer?

"Permite que eu a toque? (O filho de Deus)

"Com que objetivo? (indagou Diana)

"Não se preocupe. Apenas relaxe. (O filho de Deus)

Diana faz sinal positivo com a cabeça. Aldivan então aproxima-se da sua cadeira, empertiga-se um pouco, ajeita o cabelo que caia aos ombros e a barba por fazer parecia brilhar. Com um toque certeiro em sua face, pode penetrar no mais íntimo do seu ser. Eis a visão:

"Era uma manhã ensolarada no dia dois de janeiro de 1969, uma quinta-feira. A família Dapper Kollins formada pelos casais Christopher e Megam (Professores de inglês) acabavam de regressar do hospital central trazendo consigo a filha recém-nascida denominada Diana Kollins. Foi uma viagem desgastante vir do centro até o bairro Croydon, no subúrbio

da cidade" Enfrentando o trânsito congestionado aliado ao mau-humor dos condutores", mas valera a pena. Desde o momento em que chegaram a sua casa humilde (uma residência média,13 × 7 metros, feita de tijolos e reboco fino, parede alta cor cinza, janelas frontais e laterais estreitas, jardim de entrada com canteiros bem distribuídos, telhado de sapê e porta na lateral de onde acessaram o corredor), Diana era o centro das atenções. Não era para menos. A menina era a primeira filha do casal e seria a única devido a complicações no parto. Portanto, os dois fizeram um pacto para tratá-la como rainha e ensiná-la os bons costumes que uma pessoa de bem deve ter. E assim fizeram. A menina cresceu com saúde e alegria junto aos pais e aos vizinhos que em sua maioria eram bastante simpáticos.

Contudo, as questões no país não estavam nada boas. Desde o início da década de 70 devido a uma desregulamentação do sistema monetário internacional e a um choque petrolífero o mundo entrou em recessão e posterior crise. Todos os setores foram atingidos: educação, saúde, transporte, agricultura, pecuária são alguns exemplos dos setores com situação mais crítica. Inevitavelmente, o desemprego foi atingindo principalmente a classe social média e baixa e entre eles estava incluída a família em questão.

Neste momento de crise, o visionário patriarca da família Dapper Kollins"O senhor Christopher" tomou uma decisão definitiva, a de mudar-se para o exterior. O país escolhido fora o Brasil, que segundo informações colhidas, estava numa situação melhor e tinha bastante potencialidades para crescimento sendo denominado pelos mesmos de "país do futuro". E assim se fez. Vendeu tudo o que tinha, comprou as passagens de avião e no dia e horário determinados embarcou rumo a Pernambuco, especificamente com destino a capital Recife.

Numa viagem com paradas predeterminadas, eles concluíram o trajeto num tempo total de cerca de dezessete horas. Chegando a Recife, instalaram-se provisoriamente num hotel da cidade, descansaram o restante do dia, um sete de julho de 1979 marcante por representar um recomeço de vida dos três componentes daquela simpática família.

No dia posterior, começaram a procurar um lugar módico para morar e pesquisar oportunidades de emprego. Por serem dois países de línguas e culturas diferentes, eles enfrentaram um pouco de dificuldade no início, mas ambos terminaram arrumando trabalho e estabeleceram-se no bairro do Imbiribeira. A menina Diana, então com dez anos, fora matriculada num bom colégio do respectivo bairro.

Passaram-se cinco meses e o ano escolar terminou. Surgiu um convite para o casal ensinar no interior, especificamente em Caruaru, e eles terminaram aceitando devido á melhores condições de trabalho, alguns problemas conjunturais e pessoais.

Logo no início do ano de 1980 eles já se encontravam na capital do agreste. E assim o tempo foi transcorrendo normal. Alguns anos depois eles aposentaram-se, a agora jovem Diana Formara-se em licenciatura em Letras. A família, apesar da sua origem europeia já considerava o Brasil como sua pátria-mãe. Estávamos no início da década de 1990.

O tempo continuou avançando e as coisas foram tomando seu curso natural. Os pais de Diana faleceram, ela casou-se e começou a trabalhar na mesma profissão dos pais. Como uma esposa normal, cuidava do marido, do seu trabalho e da sua vida social, mas nunca se sentia satisfeita. Faltava algo que ela não entendia e que só começou a descobrir no inusitado encontro com um jovem e sua turma, na feira de Caruaru, em uma de suas palestras programadas. A partir daí, ela sentia-se extremamente tocada por eles. Seu objetivo atual era redescobrir-se, despertando o seu "Eu sou" mais interno. Esperava ter sucesso."

O vidente retira a mão cessando o toque. O mestre analisa friamente a visão obtida e prepara-se para entrar em contato com a nova apóstola. Precisava escolher as palavras certas.

"Eu a vi, irmã. Entrei no mais profundo do seu ser para descobrir mais de sua alma. E o que vi me agradou. Apesar de nossa diferença de gêneros, eu me vi em você, há alguns anos. Naquela época, ainda não havia encontrado o poder do pai, a sua bondade e seu poder de perdão. Podemos dizer que você está num estágio inicial de pecado aonde as coisas do mundo vão ganhando importância gradualmente. A solução está numa mudança de rotina, de visão e de crença e estou aqui para ensiná-la. Aceita que eu a guie para locais onde corre leite e mel?

"Como assim? Eu não estou entendendo. (Diana Kollins)

"É simples. Da maneira que você enfrenta a vida, nunca alcançará a plena felicidade. É necessário que coloques cada coisa em seu lugar e priorize o amor do pai em primeiro lugar, pois é isto que está implícito no primeiro mandamento que foi entregue à Moisés. (O vidente).

"Entendo. Realmente tenho andado muito ocupada com minhas coisas e terminei esquecendo da minha relação com o divino. (Diana Kollins).

"Isto. A qualquer momento, esta bomba pode estourar e prejudicar grandemente seu futuro. Ainda bem que você me aceitou. Seguindo os passos certos, Deus revelar-se-á para você. (O filho de Deus)

"Obrigada pelo apoio. Estou pronta. (Diana)

"Está bem. Continuemos a refeição. (O vidente)

Dito isto, Aldivan retornou ao seu lugar e continuou a alimentar-se. Os outros fizeram o mesmo. O silêncio predominou até o final da refeição. Após, pagam o lanche, saem do local e guiados por Diana começaram a embrenhar-se na mata da serra com objetivo de exploração.

Seguindo uma trilha central, eles começaram a afastar-se do restaurante e o que veem é maravilhoso: circundados por um relevo majestoso e altivo, eles estão dentro duma aglomeração verde com inúmeras espécimes vegetais e animais típicos da mata atlântica, área já em processo de extinção devido ação humana. Aquele local era um dos poucos no estado a ter uma proteção ambiental.

A cada passo dado, vão descobrindo um mundo nunca dantes visto. Naquele instante, estavam totalmente imersos em seus objetivos e a paisagem deslumbrante era mais um atrativo do passeio.

Eles caminham cerca de meia hora na mata e a pedido geral deslocam-se para o lago. Chegando lá, ficam às suas margens. Enquanto uns bebem a água cristalina, outros só observam a calmaria das águas. Impulsionado pelo espírito de Javé, o filho de Deus aproveita para ensinar.

"Veem amigos esta natureza? Foi meu pai que a fez e cada coisa tem sua importância num movimento cíclico. Ele quer que a humanidade seja assim e recupere a graça diante dele. O que impede é o pecado, este mal que acompanha os homens desde o início da criação. Cristo entregou-se por nós, mas se não fizermos a nossa parte de nada valerá o esforço dele. Afim disto, é necessária uma intensa entrega às obras do bem e renunciar aos atrativos que o mundo oferece que não são poucos: pornografia, orgulho, falsidade, ganância, riqueza, maldade, violência, estelionato, altas funções de comando, poder, intolerância e o grande mal do mundo que é o preconceito. Faço agora um chamado a todas as criaturas, representadas por vocês que me seguem. Vamos juntos sermos mais humanos e realmente amar uns aos outros. Garanto que se fizerdes isso o mundo finalmente alcançará a paz.

"Vivi afundado no crime durante anos e realmente não compensa. Violência só gera violência e meus verdadeiros amigos são vocês que acreditaram em mim. (Manoel pereira)

"Que bom que despertou a tempo. (O vidente)

"Isto eu devo ao seu perdão. (Manoel Pereira)

"Você não me deve nada. Só falta agora você perdoar a si mesmo e prosseguir com sua vida. (O vidente)

"Assim espero alcançar. (Manoel)

"Perdão? É uma palavra tão forte e não sei se consigo praticar este exercício com alguém que me fez tão mal. (Rafaela Ferreira).

"Enquanto o rancor permanecer no seu coração estará com mente e olhos vendados. Não evoluirá espiritualmente e terá que pagar a conta dos seus pecados. Pois, o mal com o mal se paga e quem não perdoa não merece ser perdoado. (O vidente).

"Eu sei. Mas é tão difícil. Como faço? (Rafaela)

"Pedir para esquecer é impossível, pois sua mente é humana e frágil. Porém, é possível liberar a pessoa de sua ira e com a ajuda do tempo reorganizar as coisas. Temos que entender que a vida é passageira e não vale a pena insistir em algo que nos faz mal e isto serve para todos. (O filho de Deus).

"Está bem. Muito obrigada! (Rafaela)

"Por nada. (O vidente)

"O meu caso é parecido com o da Rafaela, mas, em simultâneo, em que sinto raiva do estuprador eu me envergonho mais da minha família que me abandonou no momento em que mais precisava. Como curar esta dor, mestre? (Bernadete Sousa)

"Eu também senti esta dor. Fui abandonado pelo mundo. O que eu fiz? Com a ajuda do meu pai, ergui a cabeça e segui em minha vida em frente. Sabe, Bernadete, para meu pai, a humanidade é uma família só e ele está disposto a salvar a todos. A rejeição dos seus familiares deve servir de aprendizado, pois mostrou quem a ama de verdade. E a resposta está aí: eu sou seu amigo e a mando do meu pai aproximei-me de você para demonstrar meu profundo amor. Eu não me importo se o mundo te condenou, eu a quero ao meu lado e junto ao meu Reino. O mundo não te conhece, mas posso ver seu coração que é bom e por isto lhe dei uma oportunidade. (O filho de Deus).

"Eu não sei o que te dizer. Obrigada por existir. (Gaguejou ela emocionada)

O vidente também se emociona, pois, ele sabia exatamente como estava se sentindo sua serva. Seria necessário um grande esforço para curar as feridas abertas por pessoas insensíveis. Pessoas que não conheciam seu pai, pois não sabiam compreender as razões dos outros nem tinham capacidade de amar. Ainda bem que ela não desistira da vida.

Com os braços estendidos, chega junto dela e lhe dá um abraço. Apesar de sua fragilidade física, Bernadete sentiu-se como estivesse nos braços do pai e nada mais importava. Queria que aquele momento durasse por toda a eternidade.

Quando ele sentiu que ela ficou mais calma, ele se afastou novamente e então o diálogo pode ser retomado:

"Eu te amo incondicionalmente e se tem alguém que deves agradecer é meu pai por ter me gerado e me enviado uma segunda vez a este mundo. Ele teve pena do seu povo. (Aldivan)

"Está certo. (Bernadete Sousa)

"Vivi no pecado material por muito tempo. A sede de poder e a luxúria me dominavam o tempo todo e eu não conseguia pensar em nada, além disso. Mesmo sabendo dos meus crimes, eu continuava os praticando incessantemente e muitas vezes eu me perguntava aonde tudo aquilo iria me levar. Isto proporcionou-me várias crises existenciais importantes, simplesmente eu não tinha chão diante de mim. Com o tempo, as pessoas só se aproximavam de mim por interesse e perdi amigos importantes devido à vida que levava. Eu não era mais o Osmar alegre e jovial. Eu era apenas um fantoche das forças das trevas. Isto teve como resultado vários processos judiciais que safei-me usando advogados renomados e a consequente perca da função pública. Se não fosse a poupança que eu fizera durante toda a minha vida a minha situação poderia ser pior. Contudo, eu não lamento. Recebi exatamente o que merecia justificando a máxima "Colhe-se o que planta". A partir da perda do meu cargo, isolei-me na minha casa com meus empregados. E a vida seguiu até o encontro com vocês que transformou minha pobre vida. Hoje sinto-me redimido e com sede de novas aventuras. Obrigado, filho de Deus, meu ídolo. (Osmar)

"Conheço muito bem esta história. Desde o nosso primeiro encontro em 2007, percebi estar diante de alguém bastante carente. Naquela época, não o pude ajudar porque ainda não havia chegado minha hora. Mas hoje, por obra do destino e do pai, estamos juntos novamente em situações distintas. Antes, eu era seu subordinado e hoje sou seu mestre, sinal de que Deus fez grandes coisas em minha vida. Pelo tudo o que vivi, eu garanto que suas oportunidades são boas. Pela primeira vez, você está sendo mais racional fruto dos nossos trabalhos. E se você me permitir, eu posso iluminar ainda mais sua alma, pois em mim a maldade não existe. Crê nisto? (O filho de Deus)

"Sim. Creio no pequeno jovem humilde que me procurou naquele início de fevereiro de 2007 e mais ainda no homem em que ele se transformou. Quero estar sempre perto de ti. (Osmar)

"Eu sempre estarei contigo mesmo que não esteja presente físicamente e isto vale para todos e em extensão a toda a humanidade que crer. (O filho de Deus)

"Assim seja. (Osmar)

"A minha ciência é exata, calculada, reta e direta. Com meus instrumentos e conhecimentos, desvendei vários segredos importantes. Mesmo assim, eu nunca cheguei a uma conclusão sobre Deus nem sobre mim mesmo. Como pode? Eu conhecer o mundo e ter dúvidas tão gritantes? (Róbson Moura)

"Por mais que a ciência avance sobre à terra, não será possível a descoberta da verdade. Por que vocês cientistas insistem em serem tão lógicos? Meu pai criou e transforma continuamente o universo e somente ele é o princípio, meio e fim. Cabe ao homem recolher-se a sua limitação e entregar-se a força dele. Garanto que aqueles que fizerem isso não serão confundidos. (Aldivan)

"Estou entendendo e estou descobrindo pouco a pouco junto a você o quão é maravilhoso este pai. Obrigado pela oportunidade. (Róbson)

"Que bom! Ainda vou convencê-lo completamente. (O vidente)

"Eu acredito. Você é único. (Róbson)

"Este é meu grande parceiro! (Exclamou Renato)

"Obrigado, amigo. (O vidente)

"A minha situação é parecida com a do Róbson. Nós, evolucionistas, somos muito teóricos o que nos distancia um pouco da fé. Sabe, vidente, minha vida virou de ponta a cabeça quando desacreditei do meu próprio trabalho e logo após o encontrei. Você me traz esperança. (Lídio flores)

"Entrei em sua vida no momento certo. Agora vou transformá-lo em fênix que renasce e terás certeza do seu caminho. Só basta dar tempo ao tempo. (Aldivan)

"Estou pronto. (Róbson)

"Amo você como pai, irmão e amigo. Minha vida não é a mesma. Acredito que alcançaremos o conhecimento e a verdade. Elas irão me libertar) "Disse Diana num inglês impecável.

"Sim, minha querida. É isto o que pretendo. Da minha parte, eu estou sempre disponível) "Retribuiu o vidente também na mesma linguagem.

Todos riem e alguns não entendem. A língua inglesa era ainda uma barreira a ser ultrapassada pelos nossos augustos personagens. Mas tudo estava valendo a pena naquela serra maravilhosa em que estavam. Caruaru e seus encantos rurais. A conversação então continua após uma breve pausa.

"Faço parte dum mundo cheio de luz, justiça e dignidade. Sou comandante de muitas milícias celestes que são capazes de salvarem milhões. Contudo, você me surpreende cada vez mais, Aldivan Teixeira Torres, e estou convencido da importância do seu papel para o equilíbrio dos dois mundos. Obrigado por permitir nossa ação. (Rafael)

"Eu que tenho de agradecer a vocês. Com vossa força, sinto-me protegido das garras do demônio. Eu sou um estorvo e sei que ele levantar-se-á contra mim mais cedo ou mais tarde. (Aldivan).

"Não temas. Em mim não será confundido" Garantiu Rafael.

"Obrigado. (Aldivan)

"Em mim também não. Fui criado junto a você, no início dos tempos, e nunca irei te abandonar. Eu não existo sem você. (Uriel Ikiriri)

"Oh, meu grande Uriel, Valente guerreiro. Agradeço as palavras e a recíproca é verdadeira. Eu sei que poderei contar contigo para qualquer coisa. Defenda-me do meu mensageiro! (Aldivan)

"Certo, mas você não poderá mencionar este nome porquê................(Uriel)

Uriel não terminou de falar. Imediatamente, uma nuvem escura aproxima-se com velocidade espantosa e se põe diante deles. De dentro da nuvem, surge um belo anjo de asas negras, másculo, de boa estatura, feições enrugadas, pernas altas e grossas, vestido de gala, peito recoberto por uma capa de aço e com o mesmo rosto do Uriel. Ele aproxima-se do grupo em questão de segundos e com apenas um toque de mão afasta os outros humanos. Ficam somente Aldivan, o mensageiro, Uriel e Rafael dentro dum círculo mágico protegido por um campo de força de modo que os outros não podem vê-los nem os escutar.

Autenticidade em sua Maior Essência

O mensageiro denominado Rielu, irmão gêmeo de Uriel, encara a todos e ao aproximar-se mais começa sua ação.

"Aldivan, meu humano, porque tem me esquecido?"

"Renunciei ao seu mundo por livre espontânea vontade então não tem porque me criticar. (Aldivan)

"Isto, demônio. Foi escolha dele "Reforçou Uriel.

"Sei, mas não me conformo. Sabia que tudo seria mais fácil se renunciasse à esta missão absurda? Meu mestre e eu o trataria melhor e já teria alcançado o sucesso. (Rielu)

"Será? O que eu ganharia? O sucesso não compensa quando não é alcançado dignamente. Prefiro da forma que está. Trabalharei dia após dia, hora após hora, em nome do meu dom. No momento certo, Deus abrirá as portas para mim. (Aldivan)

"O tempo de Deus não é igual ao tempo dos homens (Complementou Rafael).

"Deus? Que Deus? Você fala do ser que condenou a mim e a meus irmãos? Que Deus é esse que fica feliz com a desgraça alheia? (Rielo)

"Cala-te! Você não conhece a Deus. Eu sim, posso falar, pois, vim dele e garanto que ele não ficou feliz com o que aconteceu. Não culpem meu pai pelos seus atos. Os anjos maus apenas pagaram o preço justo pelos seus pecados. (Replicou Aldivan)

"Lúcifer e seus sequazes quase destruíram a harmonia do universo e sentem-se injustiçados? Poupe-me das suas acusações demônio. (Rafael)

"Tudo tem dois lados Fomos massacrados pela maioria, mas no final dos tempos teremos uma segunda oportunidade. Lúcifer foi o único capaz de desafiar a tirania dos outros Arcanjos e por isto o admiro. Agora, queremos o filho de Deus ao nosso lado. Junte-se a nós, Aldivan. (Rielo)

"Nem em sonho. Eu nunca trairia meu pai, pois sou parte dele. Eu não preciso de vocês para nada. Continuarei seguindo e não quero ter sua presença ao meu lado. A minha parte negra morreu naquele fatídico deserto. (Aldivan)

"Tolo! Nenhum ser humano pode anular sua força negativa. No momento em que menos esperar, nós atacaremos novamente e o colocaremos em contradição. (Rielo)

"É o que você pensa. (Aldivan)

"Você não conhece mesmo o Aldivan e os desígnios de Deus. No momento em que Javé age, o impossível torna-se possível. Desista, demônio! Não alcançará o seu objetivo jamais! (Vociferou Uriel).

"Então não tenho outra escolha senão o destruir! (Rielo)

Rielo age rápido. Sacando sua espada mística de debaixo da capa de aço, a pesadelo destruidora, avança velozmente em direção a Aldivan. A pequena distância em que se encontravam é rapidamente percorrida. Ele desembainha a espada, prepara o golpe e..... Os céus ribombam! O que teria acontecido com nosso amado filho de Deus?

Com o susto, o mesmo jogara-se no chão esperando o pior. O que poderia contra um diabo? Mas ao abrir os olhos, percebe que nada acontecera. Flutuando acima dele, estão Uriel e Rafael. O primeiro sustara a espada com as mãos no momento certo e o outro agarrara o demônio por detrás o imobilizando. Um momento depois, lançaram a espada fora e Rafael aproveitou para espancar o adversário. Após receber vários golpes, o demônio suplicou por sua vida e Aldivan sentiu-se comovido. Em sua benignidade, fez um sinal para o Arcanjo que contrariado obedeceu. Lançou o demônio de voltas às trevas quase intacto. Após, soprou e as nuvens escuras afastaram-se por completo. O perigo havia passado.

Quem era realmente Aldivan Teixeira Torres? Qual mistério escondia-se atrás dum homem que era capaz de ter pena até de demônios? O pouco que se sabia dele era que era um rapaz batalhador, simples, fora das convenções sociais, humano, humilde e realmente capaz de amar o próximo como a si mesmo como ordenava a bíblia. Por tudo que passara e pelos desafios que ainda enfrentaria pela frente, era um vencedor diante de sua atitude na vida. Uma vida que não fora nada fácil: enfrentara a miséria, a incompreensão da família e dos outros, o fracasso, o medo da rejeição e quando finalmente acordara, fora rejeitado diversas vezes. Ele não tinha vergonha disso. Pelo menos amara o que muitos

Autenticidade em sua Maior Essência

são incapazes de fazer e se não fora compreendido iria seguir em frente. O sucesso certamente o esperava.

Na aventura atual, tendo como ponto de partida um lugar no sertão de Pernambuco, já passara por sete municípios angariando fiéis para sua obra. Ele tinha a responsabilidade de responder todas as questões cruciais dos mesmos.

Ciente da responsabilidade, ele faz um sinal para os Anjos. O círculo é desfeito e então eles podem reencontrar seus amigos. Emocionados e preocupados, eles correm ao encontro do mesmo. Ao se encontrarem, ocorrem cumprimentos e um abraço apertado em cada um. Nada havia acontecido felizmente.

"Aldivan, você está mesmo bem? (Rafaela Ferreira)

"Sim. Obrigado pela preocupação. (Aldivan)

"Não tem de quê. Você já fez grandes coisas por mim e é o mínimo que se espera de nós. (Observou Rafaela)

"Está certo. (Aldivan)

"O que era grande nuvem escura? (Bernadete Sousa)

"Uma manifestação do mal que se levanta contra nós. Felizmente, eu estava protegido pelos meus honoráveis arcanjos. (Aldivan)

"Ainda bem! Eu não suportaria que algo acontecesse com você. (Bernadete Sousa)

"Oh, que lindo! É nestas horas que dou como bem empregado minha dedicação às vossas causas. Lembra-se de quando brincávamos de amarelinha e de polícia e ladrão? Mesmo perdendo, nada acontecia comigo, pois meu pai sempre me protege como se eu fosse uma criança. (Aldivan).

"Lembro, sim. Realmente é admirável sua proteção. Bendito seja javé! (Bernadete)

"Assim seja! (Aldivan)

"Por que fui excluído desta peleja? Eu não entendo. (Renato)

"Deus te poupou, amigo. O meu mensageiro é um ser muito poderoso que poderia machucá-lo. Não queríamos correr este risco. (Explicou Aldivan)

"Se eu estivesse com vocês, eu teria dado uma bela lição de moral a este ser asqueroso. Quem já se viu desafiar o filho de Deus? (Renato)

"A característica dos demônios é serem orgulhosos. Eles pensam serem donos do universo. (Aldivan)

"Seria uma temeridade você desafiar um demônio, Jovem Renato. Deixe isto para nós, que temos predicados para tal. (Uriel Ikiriri)

"Você já faz muito por nós. Seus inúmeros serviços e sabedoria são constantemente requisitados. (Rafael)

"Está certo. Beleza. Mas na próxima peleja quero participar. (Renato)

"Se assim estiver escrito, assim será" Afirmou o vidente.

"Estou com fome. Poderíamos voltar ao restaurante? (Manoel pereira)

"Pode ser. São onze e meia. De acordo, pessoal? (O vidente)

"Sim. (Os outros concomitantemente)

"Então vamos! (Rafael)

Á ordem do Arcanjo, eles começaram a fazer o caminho de volta embrenhando-se na mata. Á medida que se afastavam da lagoa, a adrenalina tomava conta de todos. O que os esperava? Naquele momento, tudo poderia acontecer colocando a missão nos limites do improvável e do inesperado e era exatamente isto que dava um gosto especial a aventura. Em busca do "Eu sou", a face escondida de cada um e que desafiava as crenças da sociedade.

A caminhada é bastante dura: eles enfrentam o desgaste natural dos corpos, as ladeiras, as pedras, os espinhos perigosos, as trilhas estreitas, o calor constante e o ar com baixa umidade devido a uma seca prolongada na região. Desde 2012, o clima mudara de tal forma que a escassez de água era gritante na região nordeste do país e as previsões não eram boas. Caberia aos habitantes adaptar-se à nova realidade e tentar sobreviver.

Aproximadamente na metade do percurso, são surpresos com a passagem duma cobra próximo a eles e com a ajuda dos arcanjos conseguem. Ainda bem que o pior não acontecera. Uma picada de cobra em

Autenticidade em sua Maior Essência

algum deles seria uma temeridade, pois não havia condução disponível para levá-los ao hospital. Eram mesmo superprotegidos por Javé!

Da metade do percurso até a sua conclusão nada de extraordinário acontece. Eles voltam ao restaurante, acomodam-se ao redor de duas mesas disponíveis, avaliam o cardápio e fazem o pedido. O movimento no estabelecimento é grande e eles têm que esperar um pouco para serem atendidos.

Cerca de trinta minutos após o pedido, eles são finalmente servidos. Enquanto se alimentam, conversam sobre seus planos, a aventura atual e sobre suas próprias vidas. Tudo está muito tranquilo e eles aproveitam para melhorar o entrosamento da equipe que já estava junto há um bom tempo. A cada momento que se passava, encontravam entre si semelhanças e diferenças que os tornava um grupo único, formado por pessoas à margem da sociedade dita digna.

Durante todo o tempo em que se alimentam o foco maior era no Aldivan, um ser que prometia compreendê-los e tornar suas vidas melhores. Será que ele era capaz disso mesmo? Era o que todos queriam descobrir.

Ao término do almoço, eles pagam a refeição, despedem-se dos que estão ao redor, saem do local e ligam para os taxistas que os deixaram ali. Esperam mais um pouco. Quando os condutores chegam, eles adentram nos automóveis e partem com destino à cidade a cerca de dez quilômetros dali. Uma nova história estava pronta para ser descoberta e isto incluía todos dali.

Enfrentando a precariedade da estrada estreita de barro, eles descem a serra com a resolução definitiva de continuidade, ou seja, de permanência na ação de conhecimento a que se propuseram desde o início. Esta resolução martelava bastante a cabeça deles, principalmente a de Diana que era uma pessoa cheia de responsabilidades no trabalho e em casa. Mas ela estava totalmente decidida.

Quanto ao vidente, ele desce a serra aliviado por conquistar mais uma serva que seria importante para a continuidade de sua obra de evangelização e conscientização. O céu seria o limite e o objetivo maior era conquistar o mundo inteiro, algo que era difícil, mas não impossível. Estava escrito!

Ao completar três quartos de percurso, tem um pequeno problema de pneus em um dos carros e ambos param. Os passageiros e os motoristas descem dos veículos, os que entendem de mecânica empenham-se em resolver o problema o mais rápido possível. Neste intervalo de tempo, os outros aproveitam para hidratar-se e admirar a paisagem local que era um bálsamo para os olhos. Estavam nas imediações da capital do agreste pernambucano, Caruaru, que com seu relevo, clima e gente impressionavam os visitantes. Lugar que merece ser visitado deste nosso imenso Brasil.

Resolvido o problema, eles retornam aos automóveis e então a viagem pode ter continuidade. Em frente sempre!

Completam o percurso da estrada de terra, pegam uma rodovia asfaltada já dentro do perímetro da cidade. Trafegando num dos horários de pico, eles vão enfrentando dificuldades e avançam lentamente. Agora, o nervosismo e a expectativa são predominantes mesmo para os mais experimentados. O que aconteceria?

Um pouco preocupados com o futuro, vão seguindo por bairros importantes, chegam no centro e daí dirigem-se ao destino. Faltava pouco para alcançarem o próximo estágio da aventura.

Do centro até ao Alto do Moura são cerca de vinte e cinco minutos entre travessias, manobras impressionantes ao enfrentar ladeiras e buracos no asfalto. Mas tudo valia a pena em busca do autoconhecimento e dum grande sonho. Em frente, guerreiros!

Chegando em frente da residência de Diana, eles descem, pagam o frete e despedem-se dos amigos taxistas. Após, aproximam-se da porta e a anfitriã retira uma chave da bolsa e experimenta na fechadura. Na primeira tentativa, obtém êxito e então todos tem acesso a sua casa.

Quando o último passa no obstáculo, a porta é então fechada. Estão todos na sala, primeiro compartimento da casa. A primeira coisa que veem é o seu Ricardo Feitosa, acomodado na poltrona, remexendo-se impacientemente Ele ficara propositadamente após o horário do

Autenticidade em sua Maior Essência

almoço a esperar a esposa. Sua intuição era bastante forte e gritava perigosamente.

Ao ver a entrada dos mesmos, ele levanta-se e entra em contato:

"Diana, minha esposa, que demora! E vocês amigos, o que fizeram com ela?

"Não foi nada, amor. Eu estava apenas mostrando algumas coisas importantes para eles. (Diana)

"Isto. Não tocamos em sua esposa. Nosso objetivo com ela é apenas de união e de amizade. (Reforçou o vidente)

"Está certo. (Ricardo)

"Seu Ricardo, viemos conversar com o senhor. Sua esposa precisa viajar conosco, uma viagem rápida, mas importante. Você entende? (Rafael)

"Qual o objetivo? (Ricardo)

"Somos um grande grupo em busca do destino e Diana agora faz parte dele. Precisamos dela para acrescentar nosso conhecimento e para que ela mesmo descubra o que lhe está faltando. (Explicou Rafael).

"Não está satisfeita com sua vida, querida? (Ricardo)

"Aproximadamente. Você me conhece, amor, eu sou uma entusiasta e adoro novos desafios. Eles estão me proporcionando bons momentos e quero seguir com eles até o fim mesmo que isto pareça loucura. Contudo, o nosso amor permanece. Eu só quero um tempo para encontrar a mim mesmo e espero que entendas. (Diana)

Ricardo pensa um pouco e já esperava esta reação de Diana. Realmente, a vida dos dois nos últimos tempos fora marcada pela monotonia e pela melancolia e um tempo seria uma ótima solução para os dois mesmo que isto lhe doesse bastante. Com um senso de resignação, ele entra em contato novamente:

"Tudo bem. Somos casados, mas não interferirei na sua individualidade. Pode ir tranquila. Estarei esperando sua volta ansioso.

"Obrigada. Eu te amo. (Diana)

"Eu também. (Ricardo)

Os dois aproximam-se, abraçam-se e se beijam o que provoca uma chuva de aplausos. Um instante depois, separam-se, Ricardo vai embora trabalhar e Diana dirige-se ao seu quarto onde arrumará suas malas. Chegando lá, pede ajuda às mulheres e elas se prontificam a auxiliá-la. Escolhem objetos pessoais de primeira necessidade incluídas entre eles: roupas, acessórios, objetos pessoais e de higiene, livros, sapatos, joias, e outros objetos que são colocados em duas malas de tamanho grande. Como as mulheres são exageradas e perfeccionistas!

Com as malas prontas, eles chamam dois táxis por telefone e esperam mais um pouco. São cerca de vinte minutos até ouvirem a buzina do lado externo, saírem da casa e fecharem a porta atrás de si.

Colocando as malas no bagageiro e adentrando nos automóveis, eles partem em direção ao hotel que ficava numa região central da cidade. Era preciso acertar todas as pendências para viajar tranquilo em busca da próxima cidade.

Seriam mais trinta minutos nas ruas da cidade, e enquanto avançam, começam a se despedir daquele local que se tornara especial na vida de cada um deles. Não a esqueceriam jamais mesmo depois de muito tempo.

Caruaru além de ser um polo econômico cultural, era uma cidade muito simpática e a alegria do seu povo destacava-se. Desde o gari, o padeiro da esquina, o vigário até o dito empresário. Apesar de serem diferentes, eram iguais em sua humanidade e em seu objetivo, pois todos procuram o sucesso e a felicidade. Todos aqueles que trabalham para isso sem burlar as regras e os mandamentos de Deus certamente a merecem.

Era exatamente isso o que acontecia com o grupo em questão, pecadores em busca de respostas dirigidos por um visionário, um jovem e dois Arcanjos milagrosos que impulsionados por Javé podiam realizar o impossível. Era exatamente disso que precisavam: um grande milagre o qual possibilitasse o surgimento do "Eu sou" sem máscaras, preconceitos ou intolerância. Era preciso ter muita fé.

Munidos por esta força, eles concluem o trajeto no tempo previsto. Descem dos carros, pagam o frete, despedem-se e dirigem-se a entrada do hotel Palácio. Com mais alguns passos, já adentram no saguão, cumprimentam os presentes e vão ao primeiro andar onde arrumam as malas, tomam banho, fazem suas necessidades fisiológicas e descansam um pouco.

Uma hora depois, reúnem-se novamente no saguão, pagam as despesas de hospedagem, e finalmente saem. Contratam os mesmos táxis os quais chegam minutos depois. Rumo ao destino, a próxima parada! Continuemos juntos, leitores.

Do hotel onde estavam até a rodoviária é um trajeto relativamente curto que é cumprido em um tempo razoável. Chegando no ponto específico, eles descem dos automóveis, pagam a corrida acertada e despedem-se em definitivo. Foi uma nova história experienciada na trajetória desta turma.

Final

www.ingramcontent.com/pod-product-compliance
Lightning Source LLC
LaVergne TN
LVHW020437080526
838202LV00055B/5227